悠游思语

—— 一个画家的画中话和话中画

YOU YOU SI YU

凡 心 所 向　素 履 所 往

黄阿忠 ◎ 著

文汇出版社

图书在版编目（CIP）数据

悠游思语 / 黄阿忠著. --上海：文汇出版社，
2017.8
ISBN 978-7-5496-2285-6

Ⅰ.①悠… Ⅱ.①黄… Ⅲ.①游记-作品集-中国-
当代 Ⅳ.①I267.4

中国版本图书馆CIP数据核字（2017）第194804号

悠游思语

著　　者 / 黄阿忠

责任编辑 / 甘　棠

装帧设计 / 唐宋书风 | 陈瑞桢

照排设计 / 上海温龙图文设计制作有限公司

出版发行 / **文匯出版社**

上海市威海路755号

（邮篇：200041）

经　　销 / 全国新华书店

印刷装订 / 上海丽佳制版印刷有限公司

版　　次 / 2017年8月第一版

印　　次 / 2017年8月第1次印刷

开　　本 / 787mm×1092mm 1/16

字　　数 / 280千字

印　　张 / 16.5

ISBN 978-7-5496-2285-6

定价：78.00元

凡 心 所 向　素 履 所 往

目　　录

游　观

画　语

后　记

文与画的通融

黄一迁

　　父亲爱绘画，也爱写作，此次他又打算将近年来的文字与绘画集合成书，取名《悠游思语》，令我为之作序。或许，他是觉得我对他再熟悉不过，了解之深，怕是无人能出我之右。

　　此言非虚。为父亲撰文，也并非首次。十多年前，我便开始为他摇摇笔杆，写写画评，从水墨到油画，从瓷器到纸上油画，陆陆续续近十余篇。七八年前，他出过一本油画集，第一次把我的画评编了进去。或许是深深有种"知父莫若女，知女莫若父"的体会，他自豪地向友人推荐此文。一位友人看完之后，抬头问我，"如果换一个画家，你还能写得那么深刻吗？"我无从回答，但有一点我坚信，我是懂父亲的。以前，我时常掰开父亲的手，同时伸出自己的，将二者端详一番，尔后开玩笑似地说，你看你看，我们的手形状一模一样，只是大小相异，所以我们很像。父亲不屑地说，父女嘛，那是自然！所以，为他写画评，从不需要什么访谈，更无需揣测他的想法，只要问问自己，基本就能得到答案。这是三十余年相处的了解默契，也是骨子里血液相同的自然流露。

　　然而这次面对的是父亲的文字，似乎略有不同。但是细细想来，父亲的文章一如他的绘画，有着他一贯的风格语言。一位作家曾评价父亲的文字，谓之朴素平和却充满感情，颇能打动人心。而他的绘画则被称为"雅俗共赏"。可以说，他的文章与画作不约而同有着极强的亲和力。我所谓的亲和力，是指其文章摈弃了文字的晦涩高深，而绘画则远离了所谓前卫艺术的故弄玄虚，读者或观众能完全读懂他的作品。这种共通性加上其中一贯体现出的场景感，使他的新书《悠游思语》翻看起来文中带画，画中藏文，相互呼应，尤为整体。

在书里，他抛开画笔，取而代之的是以文字作画。特别是他的游记，朴质而不失优美的文字从色彩、形状、气氛入手，形象立体地营造出不同的画面，流畅而欢愉，一如他的个性——开朗热情。这些极富临场感的文字，幻化成一条色彩斑斓的纽带，拉住读者，由文字的主人牵着，将读者不由自主地送入其曾经踏足的地点，分享其时的感受。

在他的画布上，常常会令人感到一种我自倾杯，且君随意的主观性。这种主观性凌驾于他所看到的客观世界，这种主观性同样是他心情、心境的写照。其笔下的风景、静物、人体，给人第一眼的感觉是出世的，那些建筑、物体、人，静静地躺在画布上，有着不谐人事的高冷、超脱，一如他安之若素的处世哲学。不过仔细品味之后，则又发现了其中的世俗性——那热闹而多姿的颜色，那对美的极致追求，那放飞心灵的欲望都体现出这一特征。出世与入世，似乎是一对矛盾体，然而事实却是，在二者无数次碰撞中，能够深化对人生问题的解悟。从本质上来说，人就是一个复杂的矛盾结合体，即使是以避世完身为宗旨的庄子，骨子里也包含着对多难人生的世故却又睿智的洞察。世俗性的出现，使父亲的作品有了雅俗共赏，妇孺皆晓的普世审美价值。

丰子恺说，绘画诉于我们的是视觉，从而唤起我们的感情；文学诉于我们的如果表象，从而唤起我们的联想。前者需要的是感觉，后者需要的则是理智。或许这也是《悠游思语》的看点之一：既有视觉上的感官激发，又有思维上的理智运动。当然，这是从读者角度来说，但是对作者而言，父亲向来都是一个遵从内心的人，他的思维方式大多是感性胜于理性，在作画撰文时，主要受感性驱使。这种偏向同样反映在他的文字中。

不过，如果你以为他太过感性，只能写写散文游记，那不妨再看看《悠游思语》中他对于绘画的感悟。其中不乏理性的思考，以及多年经验积累后的倾吐。当然，父亲擅长的还有诗歌，虽然新书中未曾收录，或许是为了能够在不久的将来再一次带给我们惊喜。除了在写作上可以看到父亲广泛的涉猎，在艺术上也是如此：专攻油画的同时他还潜心钻研水墨，顺便画画瓷器，练练书法。

不管是什么样文学艺术形式，父亲创作出来，都具有很高的辨识度，曾经我思索良久，搜肠刮肚，均无法用寥寥几言总结出这种感受，便给他贴了一个"阿忠味"的标签。我至今都认为，这是最妥帖的形容。因为"阿忠"创造的"阿忠味"仅可意会，又无人能替。

父亲一向以文艺自诩，喜好赋诗撰文作画习字，就连唯一不那么文艺的嗜好——喝酒，也要强调自己即使喝醉了亦是"文醉"。因此我曾说，黄阿忠对艺术的态度是"凡心所向，素履所往"的绝佳写照。他对文学艺术的执念，始终贯穿于他的绘画道路及人生游历中。无论条件多艰苦，形势多困窘，凭借对艺术的向往与热爱，他总是不自觉地义无反顾。对他来说，只要有文学和艺术，就永远不会失去阳光。

绘 悟

架上心语

守候架上几十年，画架上那根搁画布的横档上，总积满厚厚的油画色，尽管我在不断地清理。那么些年来，我在架上不知道画了多少作品，而且至今还在继续。我知道，在现、当代艺术成为主流的西方国家，架上绘画已经成了边缘。但我始终认为，架上绘画在中国不但不会消亡，反而会越来越壮大。其实，就是在当代艺术成为主流的西方，架上绘画仍有其活力。几年前，我在英国爱丁堡看了两个展览，一个是莫奈某一阶段在海边画礁石与海景的专题展；一个是现代国家艺术馆展出的当代艺术，有装置、综合艺术等。前者展厅中人头攒动，有近看的，也有远看的，还有坐在凳子上翻着画册对照着看的，其认真程度让我惊讶。而另一个展厅则显得清冷得多，偌大的展览场地灯光铮亮，观众连我在内只有三个，经典绘画的人气可见一斑。前年在东京上野的国家美术馆内看"马蒂斯回顾展"，人多得讲给你听不相信，展厅中大家没有一点声响，默默地依次排着队看画，其情形如同上海市民排队争睹"清明上河图"。

看来，架上绘画在西方也并没有消亡。人们的审美视点依然钟情经典。

几百年来，西方油画从宗教绘画到文艺复兴，从古典主义、浪漫主义到印象主义、表现主义、立体派、一直发展到抽象、现代、当代、后现代，在这当中，各流派衍生，众技法、形式纷呈；在油画史上留下无数件杰作。我们常说大师林立，我想大概各派大师都像是一棵棵参天大树，扎植在世界的艺坛，从而形成了一片森林。如果我们在亭亭如盖的参天大树旁，种植上一棵小树的话，那么，我们只能在密密匝匝的树叶缝中觅得一点光斑，我们又如何沐浴阳光呢？也许我们同大树拉开点距离，才能寻找到适应我们生长的土地。

一个艺术家应该是一个熔炉，一个具有高温，能够溶化一切东西的熔炉。到那时，我们可以在这个炉子里放上古今中外一切我有用的材料，慢慢地烧制出具有"自我"的有色合金。

白色交响 39x40cm 布面油画

　　个人的风格形成就好像是煲汤，在容器内放上肉啊、鱼啊、木耳、笋干啊，然后慢慢地用小火煨，用上一段时间逐渐逐渐地把味道烧出来。急火万万使不得也。

　　诗境、诗情、诗者，天地之心也。诗是一种意境，诗是一种优雅，诗有抒发情感的美意，诗有震撼心灵的力量。诗的句型排列有形式，诗的长句、短语有节奏，诗的概括升华有境界，诗的生发想象有梦幻。周美成的"月落惊乌棲不定"给人予画面，柳永的"杨柳岸，晓风残月"流露出意境。"山中一夜雨，数枂百重泉"仿佛是把镜头从远景拉近到近景，"白云回望合，青霭入看无"有抽象意味，有视觉转换……画当然不具备诗的功能，然其优雅、书法、气象、美意、境界等，却能为画所用；其形式、节奏、想象、梦幻、生发，又能为画所鉴。

画风景并非为风景而风景，我常思考画心中的风景。"心中"与"眼中"有一个距离，眼中的风景固然旷远，倘若心灵不达则堵塞，心中的风景虽为咫尺，只因感悟之至而清远。

面对眼前一片风景，你该如何去看？又该怎么去画？首先，你要有感动。看山坡上一棵临风摇曳的小树；或者观岩石前飞流直下的瀑水，眼前之形是直观的，是视觉的感应，而藏在自然风景后的树与山，与村庄的组合，却是你心灵的依托，是把心融化于风景中的一种天人合一；其次，是觉悟。岩石突兀，杂草丛生，瀑高飘泻，潭深翠谷，长河落日，鹤鸣祥云等，是动静之风景，亦是觉悟之借代。"觉"者为"醒"，你应该有清醒的舍取之道，取自然纯逸之气，舍心中繁杂之念；"悟"者从"心"也，风吹水流，景以目观，而境由心生矣。这等去看，用心去画。

文化、艺术，总是满世界的互相借鉴。中国的老子，还有孔子、孟子等，西方人很喜欢，也有他们许多的解释。佛教呢，是由印度传到中国的，之后融合在了中国文化里，这是说融合，而不是替代。就绘画而言，毕加索、米罗、马蒂斯等，他们都是东方艺术的仰慕者。毕氏晚年花了许多时间临摹齐白石，厚厚的许多本，他还说，年纪大了，否则真想从头学起。米罗呢，是见到了日本的浮世绘后，才演化成为米罗的。融合了东方艺术的米罗的画，让世界惊艳了。西方人沉湎于色块，而米罗把中国的线条融合到惯用的色块里，这在中国人是习常，西方的眼中，却是一种新鲜，甚至开启了一扇从未发现的门。然而米罗永远成为不了中国画线条的真正阐述者。这就是说，满世界的文化、艺术，可以借鉴，然也只能借鉴，最后是融合某一特定的文化和艺术里。

中国人画油画，自以为很欧化，很西方，而在西方人看来，却脱不了东方的情结，或者是东方的气韵。这并不奇怪，中国的油画背靠的是华夏之五千年文化，搭建的是中国文化的气场。在这个气场里，所有的中国文化，艺术浑然相通。所以在中国人的画里，不管用毛笔，用版画刻刀，还是用油画笔画出的画，都是中国文化气场中的一次游弋。中国油画和中国画一样，也讲究"气息"，这"气"是"逸气"、"清气"、"浩然之气"，这"息"就是画家跳动的血脉，贲张的气血。画中的"气"，"息"合拍了，就堪称到了境界。而这"气"这"息"是生动的，是无从界定的。所以中国人的画不会濒临绝境，就像西方人用刀叉，中国人用筷子，刀叉的用途有界定，所以有限，而中国的筷子，都是不界定，所以永远开合自如。

绿意盎然 2015 140×160cm 布面油画

水墨心解

所谓中国画，或曰水墨画，离不开水、墨、笔。俗话说，土地一枝花，全靠肥当家，把它套用在中国画上，那就是，纸上几朵花，全靠水当家。这并不是说不要"笔"、"墨"了，而是我认为，"水"在中国画中比"笔"和"墨"更为重要。好比戈壁沙漠中有了水就会有绿洲，叠峰山峦上有了水才得以郁葱。世界上有了水就有了生机，笔墨中有了水就有了灵气。

水落生宣即渗化，趣味、气韵由此而生。这中国画乃以水为媒介。故而，驾御"水"便是中国画水墨之切入点。渗成趣，化为韵，关键在于控制渗化的分寸。一寸，两寸，水、色渗化而生痕，譬如一缕云开，日色浮林端；一笔，二笔，墨、线交错而留迹，好比石脉隐隐，流霞映天趣。善用水而非滥用水。时而倾水于纸，如滚滚江涛，时而滴水于线，如涓涓细流，水有急缓而为节奏；时而蓄水于心，载舟识天际，时而积水于潭，清浊自相识，水有灵性而成品格。

古人说，惜墨如金。说"惜墨"，并不是"小气"，不舍得用墨。而是懂得如何去分解墨的节奏，将墨用在关键的点睛之处，若有豪情释放时，该用墨时就用墨，大块意气地在墨海遨游。惜墨者，善用墨也。墨有枯、湿、浓、淡之分，如画论中所谓润含春雨，干裂秋风。此润与干，枯与湿，浓与淡等是画中对比的概念，当用润、干、枯、湿、浓、淡等元素来表现春雨，秋风，夏云，冬雾时，墨的变化层次便倍生佳趣与节奏韵味。古亦有墨分五色之说，这和用水有关。水少则墨枯、浓，写就铁笔枝干于金石气相吻；水多则墨腴、润，尽掩山峦与云气相接。

中国的水墨画离不开"笔"，无论中西，在作画时都讲究用笔。谢赫的六法中有一法曰："骨法用笔"。所谓"骨法"我想大概是硬朗的意思，出笔有力如骨，线条软则纤弱甜懒。用笔除了有力，应该还要有性情，这也是我们平时讲的笔性。用笔还包括点、缀、线、皴、擦、烘、染等等。线是有生命的，线的抑扬，顿挫，如同人们的短吁长叹，富有感情；线是有灵性的，线的长短、粗细，如同自然中的飞瀑溪流，蕴藉了节奏与变化。点有大点、小点，这也是一种用笔。大点小点落素笺，满纸的点就有了疏密，疏疏密密游离在笔墨之间，同时也具备了审美的价值。画中点，缀密匝便成了画，面与面的构成就组合了画面。我的体会用笔是在进行一次点、线、面的安排。通过笔墨把画面调整到悠然自适的效果。

画最终离不开水、墨、笔三者的结合。在一幅画中往往是你中有我，我中有你。在用"水"中，有"墨"的渗化，在"笔"中，又有"水"的辅助，又或在"墨"中，也总能看到"水"和"笔"的作用。然而，这三者的结合，孰轻孰重，那全凭你的心悟了。

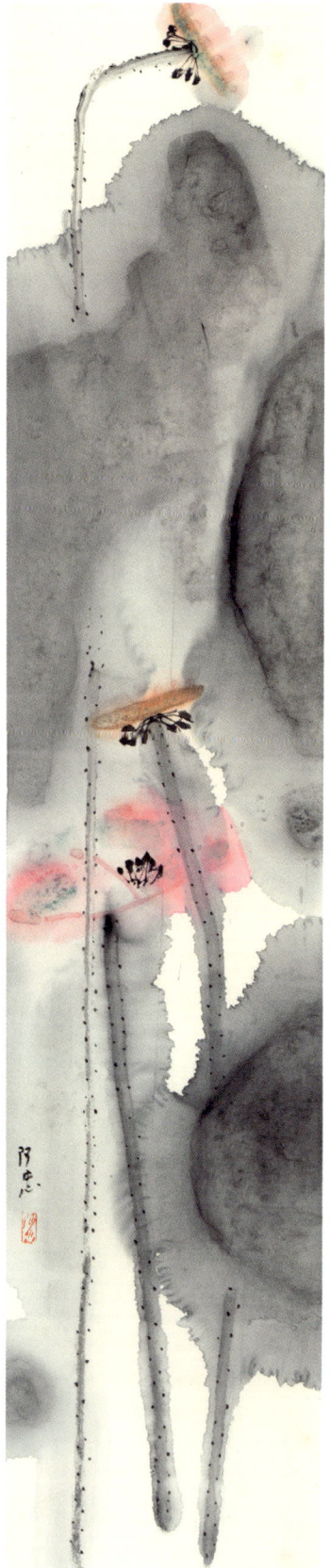

圆荷泻露 140x33cm 中国画

港口 90x120cm 布面油画

守望 • 传承

　　在中国，油画的成长，相对于西方而言还是很年轻的。油画传到中国，最先登陆的地方是上海，徐家汇土山湾开始创办了由外国画家执教的油画工场，这也是中国第一个油画学习班。而后，一大批有志于油画艺术的青年远渡重洋，或去美国，比如说李铁夫；或去法国，比如说徐悲鸿、林风眠、刘海粟；或去日本，比如说倪贻德、关良、陈抱一等等。他们有的是正儿八经的留学，有的则是走走、看看的游学，待学成归来后，在上海形成了一个油画创作的热潮。他们创办了诸如"天马会"、"白鹅画会"、"决澜社"等美术团体和机构，同时积极投入创作。那时候，他们的团体活动，创作基本上都在上海，一时间，上海的美术创作，美术展览活动呈现一片繁荣景象。

　　纵观他们的油画创作，可以说是各呈风格、形式，每个人都有自己的特点。我想，这是否就是最早的"海派油画"？或者说是"海派油画"的源头？当然，我也无法，也没有资格来界定。不过，有一点我是坚信的，当下上海油画的状况，无论形式、风格和理念等等，一定是从上世纪三四十年代这条线发展而来的，换句话说，他们是有内在基因传承的。解放以来，我们学习俄罗斯、前苏联的油画，其油画风格、形式影响了整整一代人；文革的"高、大、全"，"红、光、亮"等观念，又使艺术偏离了方向。然而，上海油画骨子里的"洋派"，"小资"是无法挥之而去的。油画的罗曼蒂克、典雅、精致（不是描摹得毛发毕露的那种），是在适合其土壤中生长而成的。城市的建筑、都市的生活造就了郁德里罗、劳特累克；室内一隅的水池、浴缸、方桌台布的红酒香肠又孕育了博纳、维约尔。同样，上海这座城市也具备了培育这枝盛开异彩的油画之花的环境、空气和养料。

经历了各种运动，遭受了众多劫难的油画，最终被改革开放的浪潮激活。1979年1月《十二人画展》在上海举办，严寒的冰雪消融，预示着春天的来临；与之同年下半年在北京开幕的《星星画展》，同样是吹响了艺术进军的号角。然从参展的作品可以看到，他们艺术审美的取向截然不同，前者作品题材皆为风景、静物，历史故事等等，而后者多为讥讽现实，涉及时政等。从而更进一步显示出了上海画家的观念和对绘画的理解。我以为，上海的油画，从上世纪三十年代开始，就逐渐形成了对于这种审美的认知。保持强烈的个性，坚持艺术的品格，追求形式和意趣，崇尚文化及修养，是上海画家的追求，所有这些精神，从骨子里流入了上海画家的血液之中，代代相传。

去年在中国美院观看了建校86周年的回顾展。作品挂满了一个个展厅，就像是一个宏大的阅兵式，一队队队列从眼前经过那样。一幅幅油画作品展示了油画发展的历程，体现了各时期油画风格的演化。在二楼的一个展厅中陈列了林风眠、吴大羽、倪贻德、方幹民、庞薰琹等画家的作品，这些作品离我们至少七八十年历史，然依旧散发着浑穆的气息，大有风流独步的格调。他们的作品不大，却有着感动至人的大气象，让人流连驻足品味。

还必须说说我们的学校，那所曾经座落在上海西区凯旋路30号的美术学院。那个地方实在太小，除去两幢大楼和一幢老式的两层楼面的貌似"别墅"的建筑外，其余的都无法称道。然我们却在"螺蛳壳里"做着油画的"道场"。在这里，我们可以追溯油画的源头，延续油画发展的传承。我们亦可看到各种风格、形式的追求，以及坚定的艺术守望。多少年来，全国各地的艺术人才在流动，从北方过来的，从西部移居的，形成了一个互相交流、融合的态势，从而又获取了一种兼容并进。让我们在沿承"海派"前进的道路上，得到了更多的收益。

当下，油画的推进，已不再是千军万马走独木桥了。有句话叫做"条条大道通罗马"，通往艺术的道路也不仅仅一条而已。这就要求我们每个油画家都要尽力地发挥自己的才情，找到自己发展的一条道路。油画创作需要我们对立意、形式、构图、色彩、气韵、趣味等方面的研究。自然的生机是我们追寻艺术机趣取之不尽的源泉和根本，修养的积累，气息的蓄养是油画创作的灵魂，而精神的贮存又是气息生生不止的原动之力。

守望前贤一代一代相传的艺术，沿承列朝大家贮养的气息，是我们这一代画家必须做到的。古人云"人之生，气之聚也，聚则为生，散则为死"，这也是从另一方面阐明了绘画聚气、蓄气的重要性。至于一所学校，目前的画坛，乃至整个时代，也需要将具有艺术气息的艺术家聚集起来，并形成一股涵涵大气，那么，重现油画的新局面也为期不远了。

心路漫漫

小时候躺在床上看天花板因为渗水而留下的印痕，和潮湿引起的斑点，看它们的图形和肌理变化，有时觉得它像一只狮子，有时觉得像一匹马，有时又觉得像连绵的山峦，心中引出一连串想象。还喜欢看马路上积水中泛起的废汽油花，五颜六色的，有风掠过，看飘在上面的油花产生的变化。或许，正因为这些喜欢，使我有了画画的萌动；抑或是因为文革中没上街去"革命"，而只是躲进小阁楼，把贺友直、华三川的《山乡巨变》、《白毛女》等连环画临遍，或者是在街道、里弄的墙面上画毛主席画像；又或常常徒步从曹家渡到南京东路的朵云轩，看纸、墨、笔、砚，看大玻璃内技术工人用"木版水印"的方法复印齐白石、潘天寿等人的作品，看挂在厅堂里的，一幅幅从顶往下垂落的名家作品。所有这些，确是我走上绘画的开始，这大概是因为历史的原因，是我所处的特定时代，又或是我的命数。

得以正宗的绘画训练，是在我经过五年的上山下乡考入上海戏剧学院之后。上戏除了舞美专业以外，还有编导、表演等其他专业和科目，而且有着很强的师资力量。是上戏的雨露滋润浇灌了我这枝久旱的禾苗。那时候，我的脑子里只有一个概念，那就是画画。课堂上画，晚自修画，下课到天黑之前这段时间，只要有一点点空闲，也还是画，甚至还利用星期天到野外画。"熟能生巧"，"量变到质变"这些成语的精神让我产生了大运动量训练的能量。我真想把失去的少年找回来，把流逝的岁月弥补上，那时，我才知道什么叫做如饥似渴。我背着画箱跑啊跑，上山、下乡、穿街、走巷，就像一个"画痴"，全身心扑在了画中。渐渐地，我发现脑子不应该光只有"画画"，日长画久，既而又悟到了"寻觅"二字。当心中有了这二个字，你就不会轻易地坐下，去画前面的那棵树，那道坡；你就不会毫无目的地用灰色去涂抹大片的天空。这个"寻"，是去发现自然景物中的"趣"，也是"走"遍千山万水而后所得的"取"，这"走"、"取"一组合，便是我们所要的"趣"；那个"觅"是在"意"中生成审美。那"意"是在画中觅得的韵味以及气息。

我走的是画途，也是心路。心路道上，一个智者告诉我，暂且搁下写生，去画你心中的意象。这个声音，像是一道闪电，照亮了前路，这个声音，像是空谷的回音，震荡着心灵。宋代诗人陆游诗曰："汝果欲学诗，功夫在诗外"。逐渐地逐渐地，我明白了，画画亦是如此，画外有着更广阔的天地。

于是，我放下画箱，从书架上抽出前人的著述，一本接着一本，向高迷去，犹如一架耸入九天的云梯。我向上登去，去汲取云层中的"气"，去访问天体间的"神"。

云天归来，我对自己提出了问题：走进自然万物之中要的是什么？摆弄那些瓶瓶罐罐为的是什么？这一提问，便引起了我心路上的第二次寻觅。前一次只是眼中的"寻觅"，而这一次却是心中的"寻觅"了。在一开始的风景，静物，或者人体的写生中，我只是想把他们画像，渐渐地注意它们外在造型之间的联系，以及物体之间构成的种种趣味，那是眼中的"寻"；然而静物、风景、或者人体最终表现的是画面的构成，意境的营造，气息的弥散，那则是心中的"觅"。古人云：向纸三日，说的是在作画之前面对素纸凝神数日，直到纸上看出恍惚之形象，方可落笔，一气呵成。这也是一种"寻觅"，恍兮惚兮，意之所为，所谓"寻"是想要找到心中的境、韵；恍兮惚兮，魂之所在，所谓"觅"，是想要表现画中的神、气。

我记得黄宾虹先生曾经说，对景写物，要懂得"舍"，追写物状，要懂得"取"。这"取舍"其实也是一种审美的提升。对着一大片自然之景写生，心中要存有一个"寻"字，找出审美的趣味。这样才能舍去所有与境、与韵无关的东西；舍去一切有碍造境、生韵的枝节。"舍"是梳理物体之间的关系，是打进意象之中的情韵。因为"舍"，就是有独特语言的"心"；因为"舍"，就有"我之为我"的"境"。在画室中追写所见的自然景物，懂得了"取"就会"觅"得心中对自然的感受；懂得了"取"，就会不断地从自然景观中，从山川流水中汲取意、趣、韵、精、气、神等艺术创作中必

不可少的元素。我曾写过一句话，叫做"心悟万物"，那是用心去感悟山、川、花、木等万物，"心悟"有一个过程，也是"渐悟"的过程，其实也是不断提高"认识"的过程。

认识素描，是要知道素描不是死板地去画石膏像、画人体、肖像，画风景、静物，而是对造型概念的综合认识；认识素描，是要知道素描不是狭义的三大面、五大调的训练，而是一个对塑造表现的广义的认识。素描的认识，是对形体组合和表现的认识，是对方法、技巧个性处理的理解。认识色彩，应该是在掌握色彩的原色、调和色、对比色等等基本规律之后。色彩的"认识"是感性的，是灵动的，也是性情的和很个性化的。

认识色彩是一种感悟和感觉，是在有了色彩的感觉感悟后对规律的反动；认识色彩是你对色彩的升华，是修养的流露，是品格的再现，也是客观感受到主观个性的演化，此时的色彩不再是生活中的甲、乙、丙、丁，而已融成心中的子、丑、寅、卯。有了色彩"认识"，色彩的组合便典雅不凡，雍容华贵，笔底流出的是优美，反之，色彩则杂乱无章，布上是色块的堆积，笔下是火、噪的交错。

认识整个的绘画，那就应该是以学识、修养为上。入门须正，立志须高，以天地、自然为师，以"我用我法"为宗。行文及此，我想起一则禅语，文为：初看山，看水，山是山，水是水；再看山，看水，山不是山，水不是水；最后回来再看山，看水，山仍是山，水仍是水。其中禅意略有所解，若有所悟，然心路漫漫，不知我心中的山、水，已越了几重，过了几道。

独抒胸臆方寸间

有幸与王漪兄做一个名为"水漪观微"的小幅国画联展。想在画大画之余，作小画的尝试。我虽涉及水墨多年，觉得自己还一直在云林、石田、青藤、雪个、青湘、缶翁等大家的门外走动。我是西画出身，国画不过票友而已。今赶鸭子上架，以博诸方家一笑尔。

中国画有巨幅的，比如是挂在人民大会堂的《江山如此多娇》，立意深刻，气势宏大。有大尺寸的中堂，山山水水气象萧疏，烟林清旷，峰峦丘壑势壮雄厚。有条幅花木禽鸟，锋毫脱颖，清逸爽朗，林木果实，淡远之致；而人物则追古述怀，雅格别具，描绘时代，续写历史。无论山水，花鸟，人物，在大尺幅上抒写，挥洒，甩得开手，也能画出大气魄，大有用武之地。然小尺寸的中国画，在传统中也不可忽视，其形式多样，各呈风格，比如册页，镜片，手卷，或许还有更小尺寸的。这些盈盈方寸的小画，是相对于大画而言的，大、小之分究竟划在哪条线上却没有一个准确的界定。其实也没必要去划分。比起大画来，那些小画尤为可爱。小画是可以放在手上把玩的，譬如手卷，拉一段有一段的景致，卷一截有一截的趣味。由于小画的形式各异，样式多变，故在中国画中占据了很大的比重。

前些日子去南京博物馆观看虚斋的藏品。那些尺寸只有二十几公分左右的团扇形的南宋绢本山水，或有高山叠嶂半隐雨雾之中，山麓野水浅溪披蓑衣艄公泛舟划来，画面冷寂而有野逸之趣；或有群山林立绵延，山间云雾蒸腾涌动，山下溪水流淌，宛如世外仙境。再看明代沈周的《东庄图》，亦盈盈方寸，分别以东城、菱豪、西溪、南港、北港、稻畦等为实地写生。其用笔圆润劲健，设色明丽清雅，构图奇绝，心意自在，野趣盎然。我还见过石涛、八大的十几、二十公分大小的册页、镜片等，都十分精彩，那线条简而疏，用色随转随注，出乎自然，气息高格，虽为盈尺，然溢出的空灵清润之气，意足悠远。自古至今，凡大家都涉足方寸小画，虽每个人都有独特的风格，他们的手法、用笔、敷色等亦有不同，然造化自然，应目会心，寄寓深遥，皆有味可寻。

我以为，画不在于大小，而为所至之性情，抒胸中之逸气尔。有千岩万壑，落笔着墨无数，枯涩中见丰润，疏荡而实遒劲，使人意远；有繁花坡石，远水遥岭，简澹真率而得象外之趣。孰大孰小，全在心中蕴集的萧散朗逸之气矣。然小画较之于大画而绘，却更能让自己放开手脚，随性远思襟灵，随心寄迹翰墨，其神气飘然于山峦烟霞。小画绘制自在无束、放情无心，此真合古人"云无心以出岫"、"山无意而自合"之意。我又想起古人的一句话："书初无意于佳，乃佳尔"，这也是画小画放松、无压力、无意、无心而为。岂知，越放松越出状态，无意于佳乃佳。

独抒胸臆方寸间。泛游于云湖中，行走在山阴道，若情真，便有静穆之趣；若意切，又得疏旷通达之韵。

老上海系列 吴淞口 44x49cm 中国画

我对中国画
传统的理解

对于中国画代代相传的传统，在学术论坛上，各有说法，而且也都有各自的道理。我是一个半路出家的中国画实践者，不会对他们各持的观点作出评价，而只是想以自己学习中国画的体会，谈谈对"传统"的理解。

于宏观来看，我以为中国文化的传承是中国画一个真正意义上的传统。中国画是源远流长的中国文化的一条支流，如果把中国画的源头纳入华夏文明和中华文化区追根寻源的话，那么中国画传统这条道就一定会变得更为宽广。从这点出发，画画人去读诗三百，古风乐府，老子，庄子等诸子百家；去品唐诗、宋词、元曲、西厢记，牡丹亭等等，就会变得非常有意义。诗经、乐府中有情韵意味可寻，老、庄诸子中有汪洋恣肆的想象和明睿的哲理可觅。又听古人说：诗中有画，画中有诗，想想诗词中有意境，诗词中也有韵味，可见诗词和中国画之间的不解之缘。而元曲又让我们在通俗俚语中品味藏匿的文化。至于元杂剧、明清小说、笔记小品等等，这些看似与画画无关的文化，仔细想想，那杂剧、小说、小品中，关于人物的刻画，景物的描写等等都和画画有那么几丝关联，至少这些修养的积累，于画，创作，构思等会有帮助。此外，也同样属于中国文化的彩陶、青铜器、壁画、墓饰、画像砖等，包括民间的皮影、织染、玩具，也都应归为中国画传统之源，并让我们去追溯。它们当中有形式、造型、意味和精神，我们还可以扩展得到更多审美的元素，或有雄浑、典雅、高古，或有洗炼、绮丽、疏野等等审美让我们觅取。如入其中，就好像进了宝山，切勿空手而返。还有散落在石鼓、钟鼎，铭文，竹简，摩崖石刻等等，乃至勒石碑文中的珠宝，这"金石意味"，"中锋用笔"，"简约洒脱""浑厚疏朗"等审美取向，虽然这些都是书法宝库里的，然"书画同源"，当然也可以作为中国画的传统去继承。

深秋 68x140cm 中国画

　　如若微观审视中国画之传统，我想，或许"笔"，"墨"两字可将以概括。这"笔"、"墨"在宏大的中国文化中，则是一种具体表现，故视作微观。具体地说，笔是线条，是毛笔接触宣纸后的拉划、皴擦、点乱等所留下的痕迹，是一种可以看得见的或长或短的具体表现；墨是色块，是墨蘸水渲染后所获取的枯、湿、浓、淡，以及透显、渗化等变化效果。然将具体的点划、渗化等微观表现加以梳理，这"笔"、"墨"还承载着人文、气格、精神等文化内涵。我们在讨论中国画传统笔墨时，是千万不能忽视的。"笔"为颐养而成之天性，故我们称作笔性，人的性情不同而呈线条笔意各异，传统文化底蕴的差落而致线条笔趣高下。笔有起落、提按的变化，笔亦有抑、扬、顿、挫之节奏，就好像人的呼吸一般，它是有生命的。线条是用笔来体现的，而线条背后，则是天性和文化的创造，因此，我们认识笔不能仅停留在点、划的历练上。"墨"是黑、白的变化，墨亦蕴含山川大地之旷达。墨之透显，似风起云动之开合；墨之渗化，若涓涓细流之潺动。墨分五色好像是大地万物之缤纷，故有墨彩之说；墨的枯、湿、浓、淡可以想象成四季转换，乃成"润含春雨，干裂秋风"之句。墨、水相合成浓淡渗化而生韵，如若山川大地劲健、清奇、疏野、豪放之气息与格调。墨韵是由气、格考量的。山川天地是墨的"造化"，"神韵"是画家的"中得心源"。

笔墨当随时代，这是古人说的，而如今西风东渐，西方的审美理念也会对传统的中国绘画产生一定影响。我最先是画西画的，在学习中国画，认识中国画传统的过程中，有些西方的东西也不免悄悄潜入。比方说"构成"，实际上这是构图的大框架，在中国画中，这叫做"章法"。无论山水、花鸟，就章法而言，在传统书画看来都有些陈式化，也比较概念。而当构成概念融入中国画的传统，那么中国画的"图像"会产生变化，也会创造出一些新意。还有形式感的处理，画面黑、白、灰整体的安排，色彩的捕捉与运用等等，在西方绘画中，也都有我们可吸收的营养。将西方构成、形式、色彩等审美理解融入，其实也并不是简单的，囫囵吞枣的，也不能光停留在表面。它需要"煮"透、"化"开，这样，我们才能得到更完善的滋养和补充。

我理解的中国画传统就是将中国的文化与笔墨贯穿起来，那么你的笔墨就有意味、趣韵、气格、精神，或许这也是传统的精髓，如果还有西方文化，审美理念，形式处理的融入，那么，中国画传统的外延也会逐渐拓展，不过，那需要我们提升"熔炉"的温度，继而化开一切外来的东西。这个所谓的自身"温度"也就是"文化"和"修养"。

清湘笔意 13.5x12cm 中国画

油画家的水墨状态

　　有一点可以肯定，油画家画水墨，其状态一定和纯粹的国画家不同。

　　油画家画水墨，并不只我一人而为。早在二十世纪三十年代，油画家刘海粟、徐悲鸿、林风眠、关良等人，都已开始关注水墨，也留下了大量的作品。而后又有赵无极、朱德群、吴冠中，乃至吴作人，也都是以油画家的身份倾心于水墨创作的。

　　很难用一句话来概括油画家的水墨状态。就看以上列举的艺术前辈，刘海粟画黄山，那些泼墨，泼彩，多少带一点油画味道；如果说徐悲鸿的柳枝喜鹊还保持国画传统的话，那么，他用水墨染成的雄狮和奔马，就是从西洋的结构和造型入手的。林风眠的水墨静物、山水构图，和他的水墨、粉彩，以及造型的变形处理，那些色块的组合和色调体现了沉稳、凝重，要说那些水墨状态，也并不想去和青藤、白阳比，但至少来说林风眠探求了自己的面貌。关良那稚拙的戏剧人物，那些富有韵味的线条，和赏心悦目的墨痕，耐人寻味，真还有点表现主义的影子……

　　反过来，不少油画同水墨有相似之处，其实，中西绘画是相通的。就说马蒂斯的油画，那些挥洒的充满激情的笔触，那些意象的处理，深得东方之神韵；再看佩梅克的作品，虽是他吸收了印象主义某些画法，但从画面的大块处理，可以看出有点类似水墨墨痕的感觉。还有莫兰迪，那个一辈子画瓶瓶罐罐的意大利画家，有点"八大山人"的意味，让我惊奇的是，在他的艺术馆里的那间堆满其收藏的坛坛罐罐房间中，竟然发现两只中国青花瓷。华裔法国画家赵无极的那些有着宇宙震撼力

菰蒲秋意 120x33cm 中国画

的大幅抽象油画，那些气韵，那些迷蒙的气氛，同中国的水墨如出一辙。由此可见，尽管画种不同，表现形式不同，但中西方艺术是互相借鉴的。从某种意义上来说，油画家别开了现代水墨的生面，从历史的发展来看，油画家的水墨状态，又是以自己所开创的水墨语言，而拓展了现代水墨的外延。油画家的水墨状态，说到底，就是用中国传统的水墨，融西方之艺术为一体，从而进入的一种状态。

我在创作油画作品的同时，也涂抹一些水墨，用水、墨在宣纸上挥洒自己的感受。我并不去再现栩栩如生的鲜花，也不去如实地描绘江南的粉墙黛瓦。我想通过水墨抒发的只是一种心境，画中的荷花、绿叶、蔓枝，和水乡的小船、流水，空濛的远山等等成了一种借代，这些借代物在规则和不规则之间，在似与不似的组合之中，构成一个有意味的形式。它们是荷，但似荷非荷，它们是桥，然似桥非桥，它们没有荷花的具体名称；它们没有表明那座桥是在哪里写生的，而只留下象征意义，随着梦、随着风飘洒万里。西方的构成和东方的神韵的撞击和融合：西方的色块和东方的笔痕的交汇和衍生，在这里是一种心灵的写意，在这里是一种形式的寄托。于是也有了一帘风絮的幽香；有了牵衣待话的沉寂；有了斜阳冉冉的灿烂；有了芳草连天的朦胧。

也许，这也就是我的一种水墨状态。

老上海系列 国际饭店 40x50cm 中国画

远近问道

远近，说的是时间和空间。

翻开西方油画史，远的比如说鲁本斯、提香、伦勃朗、委拉斯开兹等等，他们对油画的驾驭、理解，他们的油画表现技巧、方法等，有着引领时代发展的意义。近的就是我们经常会谈起的诸如毕加索、马蒂斯、弗洛伊德、德库宁、基弗，以及大卫·霍克尼、劳森伯、安迪·奥霍尔等等，那是现、当代的。还有代表印象派，立体派，纳比派，野兽派，抽象派，表现派等大师，那是属于经典的。尽管时代离我们还是有点距离，但于史而言，也算是近的，他们的油画对于我们的指导和影响，也是功不可没的。当然也不能不提那个邻近我们国家的当年是苏维埃联盟主体的俄罗斯，时间离我们并不太远。可以例举一些对我们有相当影响的画家，比如列宾、苏里柯夫、谢罗夫、列维坦、希施金、格拉西莫夫等等。在很长的一段时间内，他们都是我们心中的楷模，是我们追随的英雄。那些无论"远"、"近"的大师们，他们的技法技巧，表现形式，思想理念等等，都让我们折腾了近一个世纪，并延续至今。当下，不管我们的油画运用什么技法、观念，操守何种风格、形式，或是具象写实的，或是写意表现的，又或是当代理念的等等，都好像是孙悟空逃脱不了如来佛掌心那般，只是在远、近的大师们罩盖下，进行着我们的创作。

回过头来看看我们自己，远的和近的加起来，竟也有五千年的文化积淀，无论秦汉，魏晋，又或唐宋，元明，一代一代的时光流逝，留下一段一段的审美意趣。东方的精神、意韵和审美的基因，是遗流在我们的血液之中的。因而，借以丰厚的华夏文化背景，我们完全有理由和能力跳出如来佛的掌心。再则，中国人论艺讲"道"，所谓"文明载道"，"艺以载道"等，如若得道，那么，把我们的精神融合在从西方引进的油画之中后，就一定会创造出具有中国风韵的油画。

作为油画之道，亦有两个层面可以研究，一个层面是技术、技巧，而精神又是另一个层面。技术、技巧有"道"可言，我们常说的"门道"，指的就是一个专门技术有其规律和方法可循，这"规律"和"方法"就是"道"。比方说油画在绘制过程中的刮、擦、抹，和表现，塑造等等就是一个基本的技术、技巧，也就是我们所说的基本功。然此只是技术层面上的"道"，如光循此"道"，到头来只能成为"画匠"而已。若再向上寻"道"，那就是精神层面的了。精神是通过线条、色彩、表现的物象呈现的，它是由画家的思想产生的。换句话说，此"道"乃为"心"，用心作画，心怡万物，那便是更高层次的"道"矣。从另外一方面释"道"，那就是品格，气息，诗性，意境。作品或雄浑，典雅，或高古，清奇；或含蓄，豪放，或纤秾，疏野，都是"道"的境界。若寻得此"道"乃薄言情悟，悠悠无钧，或不著一字，尽得风流。

　　如今中国油画，必雄奋崛起。于远近观瞻先贤，为求道厚积薄发。"道"存于天地，"道"入至万物，吾等将上下求索。

窗外 9.5x23.5cm 纸本油画

阳光 20x20cm 纸本油画

写生与创作

　　一般的理解"写生"，是学习绘画初始作为基础训练的手段。无论国、油、版、雕等各个画种，都必须通过这个手段获取基本能力，这也是我们通常说的基本功，其中包括构图，塑造，表现，黑、白、灰的处理，和色彩的构造等等。以我现在理解的这个基本功，还应该包括一个整体的修养，对于审美的认识，文学的造诣，哲学的理解，品格高下的判断等等。这些和"写生"好像风牛马不相及的概念，其实，在我们学习绘画进入写生的同时，就应该提到议事日程中的。修养、审美、造诣、品格等等是"动脑"，修炼的是"心"；而写生是"动手"，练就的是能力。所谓的"拳不离手，曲不离口"也是"写生"的最好诠释。遗憾的是，当年我们学习绘画，进入写生时，只知道培养动手能力，而忽略了"心"的修炼。当下的绘画学子，也许还存在这种现象。

　　写生是为了以后的创作，而当我们通过写生获取了素描，速写，形态等造型能力，以及色彩的认识和处理方法后，"写生"也就成了一种具有特殊意义的"创作"。或许，"写生"为"创作"捕捉了更多的手段，但到了一定阶段后，"写生"本身也是一种"创作"。如果具备了线条，黑、白、灰，和色彩以及物体的造型等基本能力，当然，也包括锻炼"心底"的修养，品格后，你的每一次"写生"都是一幅"创作"。经过日复一日，年复一年的"写生"，以及"心"的修炼，写生就又有了新的课题需要你去探究了，比方说风格个性，绘画形式，诗意、境界等等，也就是说，此时"写生"又上升到了一个"创作"的台阶。这样，笔下的人物，自然景观等等，都毫无疑问打上了你的"烙印"。

从另一方面说，如果一开始的写生是客观描摹人物、自然的话，那么，经过修炼的"写生"将变得非常主观的了。你要用智慧去谋篇布局，用立意去发现自然、景物，从而把真切的内心感受赋予画纸、画布。"写生"一词是由"写"与"生"组成，"写"是抒写，"生"是生命，抒写自然要有生气、生命。画家的生气和自然的生命相融合，而后达到和自然"物我合一"时，也就产生了艺术，画家要用"心"去写就"生命"。如果为画而画，而没有用自己的智慧、思想、意趣去感悟，只是仅仅把对象描摹下来，那么，这样的画是没有生命的。

面对同样的景物，因为有不同的感悟，会产生截然不同的效果。"客观"地描摹对象，或许是一个误区，面对一片森林，一个草垛，你能把颜色调得和森林，草垛一模一样吗？你在写生时，能这样"客观"吗？写生抓的是感觉！"主观"的感受。当年印象派主张走出画室，到自然中去写生，画外光。他们把画架从画室搬到户外，主观地感受阳光下的色彩，是一次绘画革命。我分析了莫奈、毕沙罗、西斯莱等几个画风相近的画家，发现他们都各自有一套处理阳光、色彩和色调的能力，因而，我们也能一眼认出他们的

作品。如果没有主观的处理和表现，又怎么能产生莫奈、毕沙罗、西斯莱的风格呢？我在法国勒阿弗尔的塞纳河入海口看一百多年前莫奈画日出的实景，画布上的吊车、厂房，和带有晨光映照的海水，以及那似是而非的小船。如果没有主观的挥洒，哪能拉开和自然对象的差距，哪能有今天的《日出·印象》。在港口的码头边，竖立了一块印有《日出·印象》的牌子，我想，莫奈一定是在这里迎着朝霞完成那张"写生"作品的。同样，在埃特勒塔海边的沙滩上，莫奈画象鼻山，那"劈劈啪啪"的笔触，印象的色彩，怎能说不是主观的呢？我去了鲁昂大教堂，那里也是莫奈写生的实体对象。莫奈在那里住了好几个月，画下了诸如《晨》、《夕》、《雾》等二十多幅大小差不多，构图类似但色调各有不同的油画，这也是地地道道的创作。晚年他在吉维尼的花园里画下的《睡莲》系列油画，也一定是坐在那座日式拱桥边，或者是柳树下"写生"的，你又怎能说这不是创作呢？

写生的过程是意象品格相融的创造。走进自然，用色彩表达意境，传递情感，也是锤炼心底的色彩。你看，野草和树木的对话，星辰和日月的互动给了主观"写生"出神入化的境界，你再看，一条古老的小巷，斑斑老墙留下的岁月印痕，一片破碎的瓦砾，散落青砖铺就的历史，都在抒写中创造了生命。晨曦中的爱琴海是翠蓝的，夕阳下的地中海是紫蓝的，"写生"主观地用心去解读"蓝"的密码，摄取自然中隐藏的精灵。画家坐在田埂边、树荫中、山麓下、悬崖上写生，他与自然交融着生命在创造。

写生是一种创作形式。

雪 25x25cm 2015 纸本油画

"水"路悠远

自小喜欢水，从攀拉洒水车沐浴喷淋之水，到淌着台风暴雨之后的积水戏玩起，就一直和水有缘。

说来也怪，年轻时在农场工作，连队的房子便建在中心河畔，往东两公里就是浩淼的东海。回城后，几易住处，房子周边有"曹家渡"，"大渡河路"，"梅川路"，想来总和水沾边。到最后落定的居住地，其北面又是那条静静的，弯弯曲曲穿越申城的苏州河。

我不知道是什么时候开始喜欢水墨的，反正，我一见到水蘸上墨滴在宣纸上晕化时，就想起小时候淌水时发现的漂浮在水面上五彩的废汽油花，以及雨滴落水那一圈圈的水纹。

于是，我开始了用水、墨、色在宣纸上涂鸦，天马行空，随意走笔。并把涂抹出来的一张张画，叫做"水墨画"。原因很简单，因为那些都是用水、墨写就的。从理论上讲，一般大家把用水、墨和毛笔在宣纸上画出来的都称做中国画。我没有深究过水墨画与中国画之间的关系。或许，把"画"冠以"中国"命名，来得更为正统，也有国粹的味道，而且在"中国"两字之间，还能隐隐约约看到继承的传统。相比之下，水墨画就显得较为狂野，规矩的界限也相对地模糊了许多。同时，也给了我在宣纸上解衣磅礴，洒水泼墨，任意挥笔，尽抒心中之浩气、逸气的理由。

按传统之说，中国画的学习方法是师傅带徒弟式的，在引入西式教育法后，又有了美术学院中国画的教学模式。一是从芥子园、课徒稿入手，单刀直入，论持久战；一是以素描、速写循序渐进，屯兵秣马，迂回战斗。这学习的切入点可谓大相径庭，然在这两种模式中都出现过大师级的人物。

如果暂且把"水墨画"归类为"中国画"的话，那么，我的学习模式就变得两头不着岗了。一面没有师父的课徒严训，另一面也不见国画的教学大纲。不过反过来说，这倒给我提供了一个无宗无派，无拘无束的广阔天地。

我自由地在池水墨海里嬉戏，在"水"路中遨游。信笔涂鸦之后，入定思想，倘若使性涂抹能成大事，倒也便捷。然殊不知这池水之深，墨海之遥，艺术之路并没有绿色通道。你必须耐得寂寞，排着队一个一个窗口去验证、敲章。我找来青藤、白阳、八大、吴昌硕、齐白石，研读、揣摩、分析。其中用笔的急缓，章法的开合，线的节奏，墨的韵味，真可谓各得其妙。我借过沈石田、龚半千、石涛、黄宾虹、潘天寿，其淳厚浑然、积墨浓郁，笔意恣纵，粗头乱服、旷然磊落之形式、之画意，化为神韵、逸气而满屋飘溢。在阅读了中国绘画史上的大家后，我逐渐梳理了从"水"路而来的感受。水是用来调和墨、色的，水多则墨淡、色雅而生韵；水少便墨浓、色艳而干涩。这枯、湿、浓、淡的变化必须由水调成；笔是整幅作品的支撑，笔健则精神，笔弱则气衰。点、线、面因笔而生，笔与笔相叠而成气韵，笔与笔相交而成节奏；墨是画之本，墨无关轻、重，而在于把握节奏，整合大局，墨深黑而见厚重，墨轻浅而生淡雅。若要画出彩，全靠墨当家。水、笔、墨是一个统一的整体，此三者关系。到底水重，还是笔重，又或是墨重，全凭悟而所得。

"水"路悠远，难以望到尽头，"水"路通达，条条相连相交。从东方水城苏州可以驶向威尼斯，阿姆斯特丹，以至巴黎、罗马。望水心叹，"水"路漫漫，其修远兮，或许，前方的新大陆正等你去发现。

画崇明

画崇明，对于我来说，是非常合适的。因为崇明是我的家乡，我上山下乡所去的农场也在崇明。故而，南门、堡镇的码头，寿安寺上飘忽的祥云，鳌山上的灯塔，东滩的渔船，西沙湿地飞过的候鸟，森林公园中笔直的杉树，北沿公路两旁高耸的大树，老宅宅沟边那片芦苇……所有这一切，那可谓既亲切又熟悉。

此外，纸上的油画为我这些年来所研究颇有成效的一个品种，用这种形式应该得心应手的。绘画有众多的形式，或写意、写真，或抽象、表现；或装饰、变形等等。

我是属于写意这一类的画家，这是与我的喜好和性情有一定的关系。说是写意，其实也是应该归类于写实的，不过这类写实并不注重忠实地描绘自然对象，而是追求一种意味，尽情地表现心中的感受，并把严重的物象提升化为境界而已。

近年来我去俄罗斯，观摩列宾、苏里科夫、弗罗贝尔、列维坦，走访列宾故居，圣彼得堡美术学院；游东欧，看匈牙利布达佩斯古堡，和悠久流动的多瑙河，走布拉格，克罗姆洛夫及萨尔斯堡；逛西欧，踏步米克洛斯和圣托里尼小岛，观望透出深邃之蓝的爱琴海……从而，进一步拓展了我的艺术道路。

西方的绘画艺术，也就是美术馆，博物馆里墙上挂着真真切切的原

横沙印象 24×25cm 纸本油画

四月 23×24cm 纸本油画

作，他们着实让我开了眼界，并知晓笔触之间的来龙去脉。那些平时在画册里所看到的前辈印刷物，如今成了零距离接触的展品。这种相互之间的气息交流，使我在思想上有了质的飞跃。

走过欧洲的每一寸土地，都会因为高低错落和参差不齐的建筑赋予你一种节奏；因为红房子，蔚蓝天，碧绿水以及青褐的台格路给你协调的色彩。这里所有一切都在不断地转化成你的审美。正是如此，我笔下的线条在东西方之间游走，色块在天、地、物之间的相应。也因为读书，行路，我的纸上油画得到了锤炼。

还有建筑，无论是尖尖的耸入云霄的教堂和乡野绿茵地上的红瓦灰墙，还是有着童话般色彩的小镇，以及白房、碧海和火山所呈现的暗褐岩石，都给了我灵感，并激发着纸上或者布上的兴奋点。

说说我画崇明的那三十幅纸上油画，于技巧而言，那还不能娴熟而论，而是因为我并不想套用我画欧洲风景时所擅用的娴熟技巧；相反，我采用了新法，刮、擦、揉、叠并上。这样，虽没有那种娴熟，但画面却出新意。其次，我画画一向追求意味，气息和趣韵。比方说，东方水乡朱家角的水墨气韵和西方水乡威尼斯的色彩趣味，在我的画中就有截然不同的表现。故而，崇明的一草一木在画中就少了些许洋味而多了点东方的写意精神。或许，在画南门港时追求一种肃然；而表现森林公园时就有浓烈的秋意；或许我在描绘芦花飞扬时，不论是色彩，还是形式，就是一个大写意；而在写就油菜花开和瑞雪铺地时就有了情绪转换。再则，我并不刻意去追求照相主义的逼真，而是一以贯之的写意风格，也就是说，即使表明某地某景，但也不是如实描摹。

它是我心中的风景，它是意会，它是一种格调和品味，当然也是我的审美取向。

那一片心中的风景

"写景"仅仅是描摹表象，而"造境"则是艺术家的情感与自然之间对话之后的创造。

对绘画要有自己的认识。绘画不在于要把一个对象画像或者塑造出体积感就可以了，绘画艺术要有一种精神的品格。这有赖于艺术家自身的修养和平时的积累。

东方有一种写意的精神，按照中国传统画论，对物象的描摹不仅仅是画眼睛看到的，还要画出的心里的东西。比如山水画就不仅仅是对景写生，而是有平远、深远、高远的三远法。寓情于景，这样就拓宽了艺术家的表达方式。

"写生"二字，"写"就是将看到的画下来；而"生"字则要求艺术家自身生命与精神的注入。"写生"，就是将看到的画下来以表达自己的情感与生命。自然本身也是有生命的，它与艺术家的生命展开对话与碰撞，那么它最终所追求的就是古语所说的"天人合一""物我两忘"。

其实我画的是心中的风景，面对的自然则会给我很多的感受。我把对自然的感受和心中的风景融合在一起，这就是我所要创造的境界。绘画是一种创造。每一个画家都在努力表达自己不同的感受。希望观者能够从我的画中得到一种全新的审美，自身的感受从中能得以拓展。理解"美"是差异，美是不同，美是创造。

晨雾 20x20cm 纸本油画

认识色彩

色是单个的概念，比如红有大红、朱红、紫红等，黄有柠檬黄、淡黄、中黄、土黄等，蓝有湖蓝、钴蓝、群青、普蓝等等。而色彩却是整体的组合，是多个颜色组织在一个画面上产生的一种感觉，也就是我们通常说的色调。说你这幅画有色彩，一般指的就是色彩调子感觉很好。色彩的调子产生，必须要有颜色的冷暖搭配，有颜色的冷暖变化。如果画一幅灰调子，其色彩的变化肯定很微妙，有时稍差一点点都不行，一不当心，竟"失之毫厘，差之千里"。你别以为我这样说十分夸张，当你进入色彩微妙的探求境地，一定会有这样的感觉。

先搁下我的关于色彩"失之毫厘，差之千里"的"夸张"之说，让我们来重新认识一下色彩罢。

认识色彩，应该是在掌握色彩规律之后，色彩的"规律"是基本的，甚至是教条的，而后的"认识"却是一个提升，是对色彩规律的一种解构。认识是一种感悟和感觉，是在对色彩规律有了感悟和感觉之后又反过来对"规律"的一种反观。可见对色彩的"认识"是感性的，也是灵动的，也就是说是性情的和个性化的。

塔林 40x50cm 布面油画

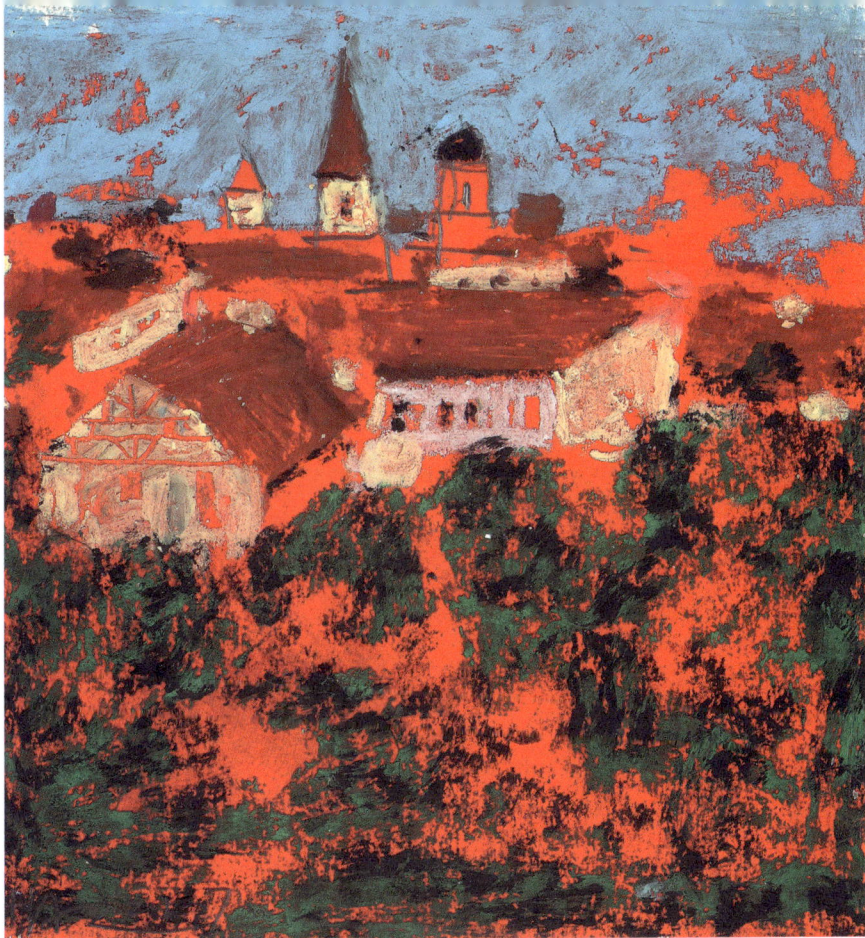

红顶 20x20cm 纸本油画

认识色彩，对于从事油画创作的来说尤为重要，有不少搞了多年油画创作的人，只是先掌握了色彩的基本规律，而没有最后去提升认识色彩。色彩必须要有个性，这好比两个人同样认识了五千个汉字，也都具备了组词和语法修辞的基本规律。但终因"认识"不同，两者各自用这五千个词组成文章，其效果可谓天壤之别，一个是极具文采的抒发，一个则是华丽辞藻的堆积。色彩亦是如此，有了色彩"认识"，色彩组合便典雅不凡，雍容华贵，笔底流出的是优美，反之，色彩则是色块的堆砌，杂乱无章，笔下交错的是火燥。

色彩"认识"是你对色彩的升华，是修养的流露，是品格的再现，也是客观感受到主观个性体现的演化，那时色彩不再是生活中的甲、乙、丙、丁、而已融化成心中的子、丑、寅、卯。认识色彩要有一个漫长的过程，他需要一个对色彩组合的长期训练磨合，更重要恐怕是积累大量的画外功夫。末了，引用我几年前写过的一段文字作为结语。

学者以学识、修养为上。入门需正，立志需高。以天地、自然为师，以"我自用我法"为宗。若持进取，必得山川、万物之清逸之气，而不以低级趣味为伍，不以媚俗之态入画。若自退屈，即有不劣习气入其肺腑。所以我以为：画有二要，一要品高、气逸，品高则下笔妍雅，气逸则不落尘俗；一要学富、识广，学富则包罗万象，识广则清逸之气自然溢于线条、色块之间。古今之大家莫不备此，断未有胸无点墨而能超轶群伦者也。

画家的综合素质

绘画原本是一个综合的东西，它是集造型、传统、思想、文化、修养等为一体的一种融化和创造。其妙处就在无迹可求的综合之处。绘画的妙处，很难用语言形容和表达，只能靠画家或者观赏者去"悟"或者"品"。因而，作为画家，要创造一幅好的作品，你就必须具备一种综合素质，一种能够将古今中外的各种文化、传统等融化综合的能力；作为观众，要会欣赏，你就必须懂得传统，懂得思想、文化、修养同造型之间的融化关系，懂得画家在融化、综合之后而生成的一种绘画语言。

绘画不仅仅只是你能把瓜果、瓶罐、山川、人物等依样画出，它还需要绘画根本的东西——创造，比如意境的营造，比如画面的构图处理，比如个性的体现等等。其实那些瓜果、瓶罐、山川、人物等等都不过是借代物而已，画家表现的是藏在这种东西后面的文化，关注的是其中的精神指向，也就是我们在评判一张画时所说的文化考量。

所谓综合，谈谈容易，做起来可不是一两天的事。这是需要"修炼"而后所得的。首先，你要有厚厚的文化底蕴，厚积薄发。学画者须文化先行，这文化包括哲学、自然科学、文学、美学、审美性情等等。其次，就是你的艺术品格和艺术趣味，这些都是从画外所求得，并需要一点一点积累和构筑的。再则，便是绘画本身一些基本的素养，比如塑造能力，造型规律，点、线、面交错的节奏把握，画面构成的虚实处理等等。有了这三点还并不算完，重要的是"综合"。一说综合就有点玄了，因为这是无形的，很难触摸的。那么"综合"又从什么地方着手呢？我曾说过艺术家应该是一座"熔炉"，一座能够耐高温的"熔炉"。它能熔化一切放入炉子的东西，比如哲学，比如文化传统，比如民间的艺术——壁画、剪纸、画像砖、石窟、佛雕，又比如外国的各种艺术等等。这综合的素质最重要的一点便是提高自身的熔点，能够熔化放入炉子中的一切东西的温度。

审美的高下和"熔炉"的熔点，也有着密切的关系。审美趣味对你的创作也有直接的影响。审美，顾名思义，是对"美"的"审度"，就是说必须明白什么是"美"的什么是"丑"的，徐悲鸿曾告诉向他学画的人：学画先学鉴赏，只有懂得绘画高低的人，才能学好画。鉴赏是一种文化的体现，是一个人修养的组成部分。大凡不画画的人也应具备一点文、史知识，这也不啻为高品位的追求的首要条件。我们暂且放下并不研究绘画的群体，而在整个美术队伍中盘整一下，又能有多少高品位或者很有审美趣味的人？我没有统计过，事实上，也根本无法核出，因为这个标准实在是个模糊的概念。然我们只要看一看这个画家的画，他的作品一亮相，我们立即可以从他的画上品出这个画家的趣味高下。在画家群中，注重审美趣味的培养，大家一起研究绘画的综合素质还不成风气，在市场经济的商品社会中，画家急功近利，往往忽略综合素质的培养，使整个画坛审美滞后。

我还想谈谈读书，读书是提高文学修养的唯一途径。当然我们并不要求每个画家都要有上乘的文笔，能出大部头的著作。这也毕竟不是画家所为，但文学带给画家思考，带给画家精神的充实，带给画家一种选择和辨别能力。古人说，"读万卷书，行万里路，胸中自有丘壑"。这胸中之丘壑，必定是在"万里路"中觅得。但如若没有"万卷书"的选择和提升，也是绝对达不到的，读破万卷书后，这胸中的丘壑便不再是自然中的丘壑了。古人还有一楹联，联为"蹶能长知，然屡蹶讵云能知；读不如行，使废读将以何行，"很辩证地道明了读与行的关系。陆游告诫儿子，"汝若果学诗，功夫在诗外"，讲的是诗外功夫的修炼。苏东坡也有一首诗，诗的最后二句是"作诗必此诗，定知非诗人"，正好又是陆游这句话的补充。同样，画画的必定要有画外的功夫补上，功夫在画外，这是好多画家都应该明白的，画外功夫有 A、B、C、D，甲、乙、丙、丁，这读书行路是第一位的。东坡的"作诗必此诗，定知非诗人"，如果要以此诗论画，同样可以这样写成"作山画水必此山彼水，定知非画家"，这里道出个意境的问题。无论山水、人物、花鸟、肖像、风景、静物等都不能简单的画出了事，全然不

顾你笔下的那些东西组合创造的意境，那我们还有什么必要看你的画？王国维讲：有写境和造境之分，画家必须有造境的能力，这种能力就是画外的功夫。画画的人都知道有"化境"这个词，这一"化"字，如同前面所说得你的"熔点"能够化开炉中的一切。临窗远眺，良田美池桑竹，是否能唤起你心底深邃的幽静，摇橹而来，穿过浆声灯影，你又能否长留记忆中悠远的回思。点的是景，化的是情，景情交融凸现的也是综合的体现。

画家的灵性，灵气也是"综合"所为。绘画作品讲气息，气息清、逸，则画品高、雅。古人论画，气韵生动为六法之上。清邹一桂《小山画谱》中讲到画忌六气："一曰俗气，如村女涂脂，二曰匠气，工而无韵，三曰火气，有笔杖而锋芒太露，四曰草气，粗率过甚，绝少文雅，五曰闺阁气，描条软弱，全无骨力，六曰蹴黑气，无知妄作，恶不可耐。"有了这六忌，不由分说，大家都清楚画家所追寻的该是哪一种"气"。然而画家的大气、清气、逸气，究其所由，实乃综合画外功夫所得也。

作为审美、趣味、气息、文学、哲学、民间艺术等等都是画外的种种功夫，这些功夫滋养着绘画，并促使绘画风格的形成、发展。但是，所有审美、趣味、气息、文学等等这一切都必须由画家"综合"到作品中才成。

桌上的器皿 160x250cm 布面油画

绘画的形式语言

中国画的笔墨、技巧发展至清"四王"已到了顶，然就其绘画的形式语言来说，已无新意可言。一直到近代的虚谷、吴昌硕、黄宾虹、齐白石等大师的出现，才给中国画的形式语言注入新意。虚谷的纵横直线是一种现代感的体现；吴昌硕以金文入画，笔笔中锋，表现了一种金石味；黄宾虹的层层积墨，墨团团中显出灵气，表达了一种新的语汇构成；齐白石则大胆引进民间艺术的审美情趣，更表达了儒雅脱俗的清新。

笔墨当随时代，在今天的信息时代里，中国画绘画形式语言的拓展、更新也日益被画家重视。在传统艺术的继承、发展和超越上找到现代要素与传统精华内在的连结点，已成为新一代画家追求的目标。笔墨的外延在不断地扩大，审美的趣味也随着时代速进而变化。从继承而言，我们不应只是重复古人，由发展来看，我们必须俯仰古今，学贯中西，兼有古今、中西诸多方面的合成，从而创建新的绘画形式语言，给中国画以新的生命。

中国画绘画形式语言包括构图、点、线、面、水、墨、色等要素。这些要素在传统中国画中靠单因子的遗传和延续，终因代代相袭的程式使之奄奄一息，毫无生气。我很赞同吴冠中先生"放风筝"的说法。立定脚跟，线越长，风筝越高，以线为直径划的圈也就越大。为探求新的绘画形式语言，我们必须将风筝放出去。在构图上，不能老是遵循"之"字形、"S"形诸类的法则，或是画山水不是将山头放在左边就是将山头挪到右边，画花鸟也只是一块石头横穿几枝花草。其实中华民族上下五千年的文化遗产无比丰富，仰韶文化中的彩陶纹饰；帝王陵墓中的砖雕线刻；莫高窟、永乐宫壁画；民间流传的皮影剪纸，等等，举不胜举。于此来充实和翻新绘画形式语言，也将受用不尽。我们还可以将风筝放到西方，去看看米罗、克利、塞尚、马蒂斯诸大师的作品。他们对审美客体的观察和"神游"以及不受客观限制的处理，难道对我们的构图形式、绘画语言没有启迪吗？如若将这些古今、中西文化综合吸收、融会贯通，我们的绘画的构图形式语言和符号还会如此贫乏吗？

绘画中的点、线、面是探求形式语言极为重要的因素。点、线、面是绘画节奏和韵律的视觉形式，是情感的意象形态。点、线、面的组合创造了一个有意味的形式。用现代的观念寻找点、线、面的形式，而不是仅仅停留在传统意义上的组合。纵然有人将传统的"线"在纸上笔耕几十年，其"线"自然功力无比，然究其线的节奏、韵律及审美情趣，仍不免有一种陈旧的感觉。艺术的最大功力在于把握艺术的本体和强化自己的绘画形式语言。方薰《山静居画论》曰："凡画之作，功夫到处，处处是法，功成以后，但觉一片化机，是为极致。"中国画中的点、线、面不仅是造型方式，而且更具有主观性、表现性，画幅中的点、线、面构成的虚实、韵律、节奏或松弛、宁静；或优雅、和谐，都是画家性灵的表现，与画家内在的悟性、修养、精神、情感、气质是一致的。

水、墨、色也是中国画的"情"场所在。水、墨、色的合理运用产生浑然渗透、轻松幽静、朦胧典雅、清新灵动等效果，感人肺腑。善用水者生出韵味、积成墨痕、滋养清气，营造出一种水色浑然，水墨交融的大地。现代的中国画用水、墨、色并不局限于一支笔中的含量，而是用小碟大盘去冲水、泼墨、赋色，在传统的中国画中不是有指墨画的吗？那么我现在可不可以使用刷子、抹布等笔墨以外的东西，再从中派生出众多的线画形式语言。用色块的排列制作和水、墨、色韵化成的自然肌理来追求一种弦外之音，象外之意。为追求、探寻一种艺术效果，当然可以不择手段，现代许多画家都在这方面努力进行实践。

纵观中国画发展的历史，每个成功的画家都在点、线、面、水、墨、色等这些绘画形式语言要素中，或在造型结构、形式追求、色彩组合和工具材料的拓展上，选择变革，融会贯通，从而形成自己的绘画艺术形式符号。只要我们不是僵化地继承，也不搞全盘西化；只要我们不断地探求、寻找、发挥、创造和完美自己的绘画形式语言，那么，我们的时代便会产生出更多的真正的艺术家。

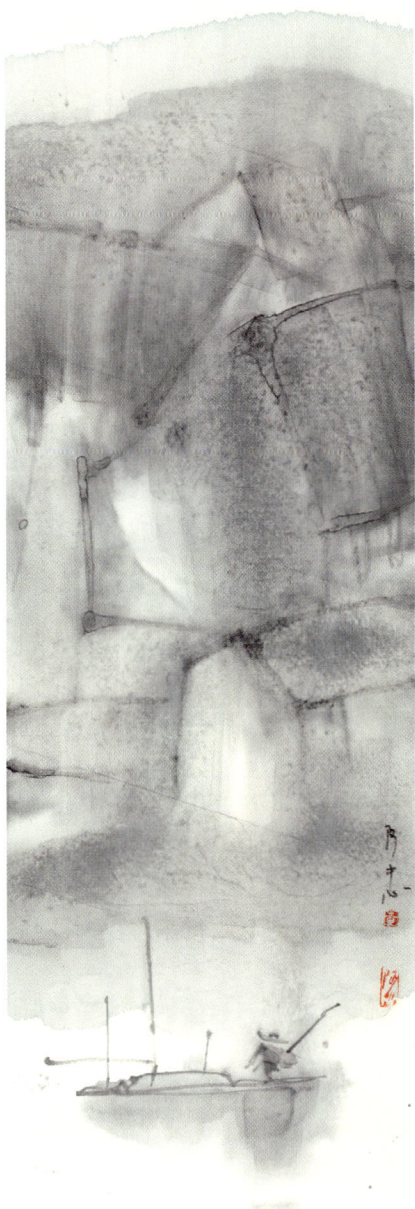

水乡（二）　110x30cm 中国画

街景 48x48cm 纸本水墨

水彩笔记

　　水彩作为一个画种已是很久的事了。且不说英国的透纳、康斯太勃尔，就说我国的张眉荪、潘思同、李泳森等老水彩画家也为之奋斗了一辈子，为造就新一代水彩画家有着不可磨灭的功绩。然而这已成为一种历史，笔墨当随时代，在百花争艳的画坛上，水彩这朵奇葩也不只是一种颜色。如若再用一种形式来评定，那未免太狭窄了。如同其他画种一样，水彩定义的外延也在不断地扩大，水彩的绘画语言亦不断地丰富。老一辈水彩画家只是圆了传统技法的梦，梦醒之处迎来的又是一个全新的太阳。作为历史或者是一种传统，不必割断，也不去咒骂，我们要正视、要继承、要发展、要追寻，山那边天地更广阔。

　　艺术的根本问题在于发现，世上万物一经触发便可产生无穷的现象，从而创造出一个新的境界。无论是宁静淳朴的荒原、大漠、边际、古镇还是喧闹熙攘的街口、鳞比的房舍、摩天的大楼以及现代的工业与文明，我们都可以从中发现其审美诗意。而当窗户打开后，长期以来形成的题材单一以及僵化的艺术模式开始突破，开始为一种丰富的生动的表现内容及多元的艺术局面所取代，开辟更新更宽的审美表现领域。

　　我崇尚中国绘画画论中的"气韵"。"气"是画家内在的某种激情；而"韵"则是表现在画面上的韵味、情趣。因此，我画水彩也就很注重一种随意。这种随意，实质上是随气运行，意到气随，人随天意。作画时始终处于放松状态，而面对素纸，用心投入。盖光气、水气、空气、色气之自然之气；神气、逸气、浩气之精神之气

流水悠长 68x68cm 纸本水墨

化为一片灵光，浮动纸上而无不趣情兼备。我们的文艺评论也用"气"来看作品，如称某作品大气、清气，或曰俗气、匠气之类。

如何学习绘画？如何学习水彩？我对那种师傅带徒弟式的传授法不敢苟同。如此近亲繁衍，代代相传，陈陈相因。我推崇那种师古人之心，与古人神会的学习方法。作为学习，更重要的是一种观念，一种思想方法。从而才会有对形式的追求，有了风格的创造、个性的体现。水彩这个形式轻巧、灵活和富有表现力，在众多画种中，它左右逢源，除了它本身具有的轻快、潇洒等特性外，还可以追求油画般的厚重，也可寻找中国水墨的那种神韵，更重要的是找到属于自己的绘画语言表现形式。在学习观念上不妨自我为之，何必虑心重重，如汉魏之字句，未必一一尽出于《三百篇》；六朝诗文之字句，又未必尽出于汉魏，而唐及宋元等下又可知矣。今人偶用一字，必曰本之昔人，昔人又推而上之，必有作始之人，彼作始之人复何所本乎。文学如此，绘画何不亦这样。况世界如此之大，天地又如此广阔。难道徒儿们就甘心如此世袭，就不去寻找自己的立足之地。昔人可创之于前，我独不可创于后乎！

线条——绘事杂谈之一

线条在中西绘画艺术中有着极其重要的作用。中国绘画的线条就是用来造型的，就古人衣服褶纹的各种变化以及服饰的不同样式，历代大家都有其不同的处理，因而产生了不同的线条。晋顾恺之用细尖的线条来勾画；唐吴道子用类似柳叶形状的线条来描绘；宋马远、夏圭用躁秃笔来点划等等。于是，中国绘画中有了"高古游丝描"、"行云流水描"、"钉头鼠尾"、"柳叶描"、"竹叶描"等等方法和名称，此所谓线描十八法。

其实，线条的真正涵义并不仅在于此。我曾看到过一幅照片，是用全息摄影技术拍下的。画面是这样的：充满灵动朝气的毕加索拿着手电，随着手臂的划动在空中飞舞，透亮的光斑连成一条弧形的长线交错，疾走徐行、轻重缓急的起伏变化，留下的图案是那么地有节奏和韵味。瞧！毕氏的样子，瞪大眼睛，全神贯注，他一气呵成，似乎是把全身的力气都用在了流动的线条之中。这流动的线条是画家心声呐喊的轨迹。

也许，我们有这样的经验，当我们用毛笔拉一根很细的线时要屏住呼吸，气一松，线条也随之乏力了。在某种程度上来说，这又类似气功。试想，画家每天要划无数根线条，这也意味着每天要做无数次气功，无怪乎中国国画家多长寿。而从另一个角度说来，线条的抑扬顿挫，"气"亦在线条之中了。中国画论中有"六法"，其中一条叫做"气韵生动"。我想，线条对于气韵生动，大概也有其不可磨灭的作用吧。把话说开去，我们每个人都会划线条，哪怕是不识字的，可划出的线却不尽相同。在线条中，或空乏苍白，或笔简形备；或流滑无力，或仙风俊骨；或心绪烦躁，或慈悲淡泊；或松散拘谨，或飘逸洒脱……线条是画家修养的体现。从这线条所体

渔船 26.7x28.5cm 纸本油画

现的内容、情愫和感觉中又可以看到画家的不同的性格。一个点、一个线抽去它全部的情愫、感觉后，它只是一个点、一条线，空其形，撑不住、立不牢。而只有在线外求功夫，才会使线条充实、耐看，"线外"者，文学、哲学、自然科学乃至一切知识、修养也。于此，这一点一划的一个组合，才会有神、有情；才会有韵、有味，这也就是画家的笔性所在。

如若能从线外求得功夫，那么，无论是毛笔线条的中锋、侧锋；还是钢笔线条的长短、粗细；炭笔线条的浓淡、虚实，都不失为好的线条。纵观中外绘画之大家，我们不能论说马蒂斯和塔皮埃斯线条的优劣；或者是吴昌硕和林风眠线条的高下，说到底，他们的线条都实实在在是一种个性的体现。

形式——绘事杂谈之二

　　就绘画而言，不管什么画种，想法是灵魂，而形式就是想法的外部表现。形式是画家的眉目、面孔，也是画家的风格所在，张三就应该不同于李四。要说题材、内容，也不过是画人、写景而已，或者是桌上一堆瓶罐、水果，等等。但每个画家在面对恬娴淑静的少女时，或者是老练持重的男子汉时；在身临晨星院风、柳阴松涛的大自然时；在置身那古陶青瓷、杯盘叮当的杂陈之中时，就应从中发现属于自己的形式、寻找自己的绘画语言。这才称得上是画家、其创作的作品才是艺术。如若摆布这些人，罗列这些物来拍照，也必须寻找他们在站立之中的形式，寻找它们在排列之中所产生的韵味。

　　若要寻根追源，人类从一开始就感觉到了形式，人类的发展始终伴随着形式。在钻木取火的远古时期，人们把动物的牙齿有序地排列着串起来，挂在颈上作为装饰，这种有序的排列产生了形式，美亦在其中。当人们在狩猎之余，用简洁的符号在岩上画下狩猎的场面，并围着篝火欢欣歌舞的同时，艺术的形式也就开始了萌芽，而后的彩陶，青铜器，画像砖，衣服上的纹饰、图案一直到敦煌、永乐宫的壁画，形式不断地在丰富。形式实质上是一种美的体现，形式的发展是美的历程。

　　我们今天生活的周围处处有形式。同样是房子，一幢幢式样各有不同，同样是衣服，一件件款式各有差异。同样是一张张精美的贺卡，一辆辆铮亮的轿车，以至于一只只拎包到日常所用的器皿……它们不尽相同。或是有规律的排列，或是毫无章法然又具整体地交错，或是高低、参差不齐地穿插，或是点、线、面纵横的组合，正因为各具其形式，故有了其不同。我们每个人都有自己对形式的选择，有自己对形式的追求。然如何培养我们对形式的敏感至关重要，我们又如何在习以为常的一段小路，一片风景中发现形式呢？我以为，文化是第一位的，我们的喜好、品味是以文化为基础的。然而，要发现形式却不容易，它是一种修炼的结果，情之所存、韵之所依、形式之所在。如果你能在竹风一阵飘飏、疏烟梅月半弯掩柳的自然中同情韵沟通；如果你能在一枝斜倚翠盖清漪中追寻芳踪，把自己的心事托与烟霞；如果你能从参差的黛瓦粉墙、古

渔政 190x90cm 布面油画

朴的青石板桥、欢唱的悠悠流水中体会出悠远的心境。那么，我们在日常生活就会增添了许多意外的趣味，你就会信手拈来形式装点你的情感。

近日忙于装修新居，趁闲串门子看看邻家，其中不乏借鉴之处，终了感到每家房子装潢的设计、形式追求，竟不约而同地同主人的职业有某种联系。酒家经理的居室像是 KTV 包房，灯红酒绿；经商人家的房间不尽豪华，珠光宝气；医生、教师的家让人觉得山清水绿、一片素色……每个人对形式的认识不同，对装潢的要求和设计的品味也会不同。在这里，并不苟求一致，也不评点这个或者那个的优劣，但作为家庭居室设计的形式还远不止这些，形式就在我们周围，形式就在于我们的追求和发现之中。

静乡 23x28cm 纸本油画

色彩——绘事杂谈之三

　　如果要很随意地问一个并没有接触过绘画的人，天是什么颜色的？树又是什么颜色？那一定是一个很概念的回答：天是蓝的，树是绿的。这大概就是一般人对颜色的概念，他们还不知晓辨别色彩需要感觉。

　　我们把"颜色"与"色彩"这两个词区别一下。乍一看，这两个词的意思也差不多，其实不然。"颜色"一般是单个的、具体的颜色，比如说红、黄、蓝、淡红、深蓝，等等，而"色彩"却是指一群颜色的组合，从而由组合的颜色产生一个整体的感觉。然而，对于颜色的感觉与生俱来，当婴儿呱呱堕地，睁大双眼看天地万物时，颜色已入其眼，人在渐渐长大过程中，颜色时时随其周围，你看四旁，有哪样东西没有颜色，之所以视而不见，只是没有用心，没有注意发掘天生的颜色感觉而已。

　　好多年前，我路过一个绸布商店，曾听到两个姑娘在交谈选购衣料的感觉。她们对衣料颜色的搭配恰到好处，很有色彩感觉。后来，我同其他人谈起此事，大家都认为女性对色彩更为敏感。

　　我们生活在这个七彩世界，何不睁大双眼，调动、充实、完善那与生俱来的色彩感觉来寻求生活的乐趣和提高生活的质量呢？请看平时穿衣搭配的协调，烹调的色面，住房的外观颜色，客厅、房间的色彩布置，轿车、巴士身披各色穿梭不断。其实，我们的衣、食、住、行都与色彩有关，如果我们再具备一点色彩知识，那就可以再创造一个心中的七彩世界。

撇开专业学习绘画的不谈，诸如工人、农民、医务人员、机关干部包括那些公司老总们，要获取一点色彩知识并不难。首先，随意翻阅一下书本，了解红、黄、蓝三原色复合的无穷无尽的各类间色、灰色和寻找各种颜色搭配的感觉；其次，多多观看各种艺术展览，从优秀的美术作品中得以启发，直把那红的、黄的、紫的、绿的颜色看得入调入韵，最为重要的还是走进自然，沐山间清风、浴江上明月，乘火车临窗眺望，看远山逶迤连绵，绿地交织如绵，坐轮船凭栏抒怀，极目两岸青山，波动影摇，片片白帆穿过阳光鳞鳞。三月去踏青，春明景和、韶光冉冉，柳条吐舒、烟水朦胧，直寻得一种与天与地为一体的清和婉妙；冬日里去探雪，眼前一片皑皑，宛如一个银色世界，看三间二间房舍置于其中，常青灌木杂于其间，人畜之脚印稀稀疏疏消失于坡下，像不像是一幅雪中山水。我们还可以在唐诗、宋词中读到色彩，请看王维的诗句"白云回望台，青霭入看无。"其中"白云"与"青霭"就呈现了一种色彩感觉，杜甫的"两只黄鹂鸣翠柳，一行白鹭上青天"，那一片翠绿当中二点中黄色，你说漂亮吗？

色彩还有其象征意义，如红色像是太阳，烈士的鲜血，象征着热烈、激情，有着一种鼓舞人奋发向上的力量。有人做过一个实验，让人走进一个四壁涂满红色的房间里，这个人就始终处于极为亢奋的情绪中。相反，蓝色却给人恬静的感觉，它让人平和、安静。还有，黄色和紫色象征着至高无上的富贵，绿色象征着生命，黑色代表着一种肃穆……此外，每个民族都有一种对颜色的喜好和崇拜，比如中国人喜欢红、黄色，而西欧人喜欢黑、灰色，等等。总之，颜色除了其规律性的变化以外，它所蕴藏的内涵足以让人品味和研究。也许，我们会偏爱某种颜色，也许，我们还会包容所有的颜色，何不让色彩裹着想像在理想的世界里遨游呢？

走进自然，再回到生活之中，走出书本，再进行实践。此时，我们如果再来看颜色，感觉色彩，一定会有一个新的认识。

笔情墨趣

　　笔情墨趣确是一个老套的话题，但对于绘画艺术来说，笔情墨趣是内涵，却是永恒的。许多搞绘画创作的人看似理解了笔情墨趣，然当他一搞创作，就把情、趣搁置到了一边，这恐怕同作者的性情有关，没有性情，就无关情趣。我一直崇尚以性情融入艺术的理念，其实，性情同情趣是一路的。拆开情趣二字，此"情"实为个性，如同石涛所言："夫画者从于心也"，这个"心"就是你的"情"；此"趣"乃是一种对自然万物的自我诠释，也如同石涛在他的画语录中说到，山川人物之秀错，鸟兽草木之性情，池榭楼台之矩度等一画之法乃自我立。说到底，会话中的笔情墨趣是很个性化的。

　　因而，作为绘画中的笔情墨趣，无论中西，都是同画家有关的，也就是说，每个画家都有对自己的笔情墨趣的追求。比如说海上画派的代表画家吴昌硕，这个到五十岁才开始学画的大师，是一个典型的具有综合素质的画家。早先，他研习诗文，研究书法、篆书、石鼓文、钟鼎等，他都精通，并且也制印，印章是一门小中见大的学问，方寸之间的疏密、聚散、画面的分割、落幅等都同绘画的审美相关。当他拿起画笔开始画画时，前面的那些诗文、书法、篆刻等都起到了铺垫的作用，因为如此，也决定了他的笔情，在他的线条中，不知不觉融进了金石味，还有他的气息，在画中的那些文人气息，都具备了吴昌硕的个性特点。他很不在意地处理着墨与色的关系，但却保持着与线条的协调，并与线条共同地支撑着画面。他的画常有长款出现，这也是从另一方面展示了自己的线条，当然，也是他的笔情墨趣所在。

　　虚谷是一不小心将现代的意识纳入他作品的画家。无法考证虚

荷风 25x30cm 纸本油画

谷是有意还是无意地去表现那些花鸟草虫的，反正他笔下的东西现代构成意识很强，也体现了他的笔情墨趣。看他所画的花、木、鸟、鱼等等，常常会处理成往一个方向的倾斜，这种看似机械的排列重复，其中蕴藏了"灵性"的玄机，同时道出了笔中的情趣和个性。这种有意无意所表现出的现代意识，是很独特的。他的线条断断续续，色彩近乎灰色，他的画中是不会出现生猛颜色的，也就像他的名字，是从"虚"入"谷"的，因为他有独特的笔情和墨趣，大家一望而知，故而，他的作品用不着写标签。

现在，我要着重谈一谈林风眠，这个融中西绘画为一体的画家，一生都在为笔情墨趣活着，他远渡重洋到法国学习油画，然他的导师却又要他回到东方。林风眠悟到了东方的神韵，也带回了西方的审美。他轻快地将笔在宣纸上拉出了富有弹性的线条，那是从民间瓷画中得来的；他用白粉勾勒静物中的玻璃器皿，使之既有某些质感，又有韵味品出，白粉在中国画中一般不用来勾线，白粉勾线又是从油画中吸取的。他把橘红、中黄等颜色点缀画中的秋林，用的是油画的塑造法。有人会说，这仅仅是一些技法的借用，其实，这看似技法的借用但已入化境。这"化"字是林风眠笔情墨趣的根本所在。因为"化"，他从瓷画中的来的线条在画中就有了气韵；因为"化"，他那似与不似的白粉勾勒就解构了西方的审美。因为有"境"在胸，他的墨块渲染摆脱了中国画的陈设。他的融化东、西和开合中、外，一下子把中国画的外延给拓展了。尽管当时有许多人不承认他的作品是中国画，但他作品中的情趣随着时代的推进，终究让千千万万的人认识。林风眠的伟大在于他开拓了中、西文化精神的结合，同时开创了一条融合中、西艺术的大道。

别光说东方的艺术家，其实西方的那些大师也都是以自己的笔情墨趣，而在美术史上占有一席之地的。根本不用去谈毕加索，他的风格太强烈了，他的情感无论在画布、画纸、陶艺上或者是木板、铜版、线描、雕塑上，都能有淋漓尽致的宣泄，他能把线条、色块等随心所欲地组合得饶有趣味。也可这么说：他的笔情墨趣也受到了东方艺术的影响。

比如说西班牙画家米罗，他的作品到中国来过，看他的作品觉得爽，那种大手笔的挥洒极见性情。除了他经常用的近乎抽象的，富有童趣的符号，还有同中国画大写意很是相像的油画。都能充分地告诉我们，这就是米罗。他也画过水墨，我见过一张，窄窄的，长长的，像是中国画的手卷。上面点缀着疏、密有加，人小、浓淡不同的墨点，一路滴洒过去，还有线条穿插，真是有"情"有"趣"。想不到这西班牙老头还真把到了东方韵味的脉，其实不用奇怪，东、西方的笔情、墨趣本来就是相通的。前段时间我在东京看了不少马蒂斯的作品，毫无疑问，他也是一个充满天真的画家。我不谈他那些线、面结合的作品，不谈那些色彩单纯的平涂的油画，也不谈那些随意勾画的速写。你就看一看他不经意剪出的纸片这么一拼贴，看一看他劈劈啪啪将泥堆积的人体，那种气韵、那种酣畅、那种轻快、那种厚重，那种赏心悦目的情趣，就像一壶醇香的、醉人的酒。

说到这里，大家可以清楚地看到，笔情墨趣对一个画家来说是多么的重要。换句话说，画家的笔情墨趣就是画家的特点。比如倪云林的逸笔萧疏，龚半千的浓郁积墨，黄宾虹的粗头乱服，黄鹤山樵的稠密苍茫。再比如凡高的激情短线组合，修拉的细点排列印象，莫迪里阿尼的简洁华兹，克利的冷逸温雅。这是他们笔下的趣味，也是他们之所以成为倪云林、凡高等的风格、个性和特点。

当我们孜孜以求地探索时，当我们不断地为自己寻找道路时，请不要忘记你所要追求的属于自己的笔情墨趣。

"眼力"与收藏

随着中国画的不断升值，油画这两年也在逐渐看涨。近来，常有人邀请我去作如何收藏油画，或者怎样欣赏油画艺术之类的讲座。

说到收藏，我知道有不少人"吃药"。要么是收了某某人的假画；抑或花大价钱买了艺术价值不高的作品，要不就是选了某某大画家并不精的画作。纵观这"吃药"之原因，大半是"眼力"不济的问题。因此，提高"眼力"成了收藏者至关重要的问题。

"眼力"是你审美修养；"眼力"是你具备的诸如历史、美术史、绘画史等文史知识的综合；"眼力"是你所知晓的古今中外大师的画风和各大画家艺术形式的体现。"眼力"也就是你能融合上述各种修养、史学知识以及画家画风和艺术形式后，去读懂你周围或关注的油画。

就以上所说的"眼力"是一种宏观。往微观走，我们又该如何去辨析一幅油画呢？

首先，我们应该先看画中的"气息"。"气息"是个无形的东西，捉不牢，摸不着，但却能感觉得到，千万不要以为我在用玄之又玄的东西来唬你。"气息"于油画而言是第一位的，其"气"或清或浊，或飘逸或浑朴；其"息"或典雅或流俗或趣而味，或幽而深，这都得靠你去"悟"。也许，你一下子会找不到方向，但你必须具备这个理念，当你看到一幅油画时，应该朝"气息"那个方向去"品"，慢慢地就一定会捕捉到画中的"气息"。

接着，当你能感到画中的某些"气息"时，提升自身的"气"就又变得重要了。这个自身的"气"是你的审美，你的品味，你的格调。所谓审美就是你对"美"的一种理解，你必须认识什么是"美"。比如山坡挺立的一棵弯曲的树，溪边摇曳的一丛疏朗的狗尾巴草，又比如天边残留紫红的晚霞，海滩留有错落的脚印，那是自然形态的美意。你又要认识画家是怎样用"心"去表现和转换自然中的"美意"。你也要懂得画家是怎样通过纵横的笔，大块的色，和疏密、方圆、大小、长短等审美要素，去表现画中的"品"和"格"的。这样，你便具有一定的眼力。当然，鉴赏油画还需要许多东西，我这里说的两点仅是个开头。如果有了这两点，再加上你自己的"眼力"，或许，若干年后，挂在你客厅中的那幅油画，会给你一个惊喜。这样我便能指导他收藏什么样的油画了。

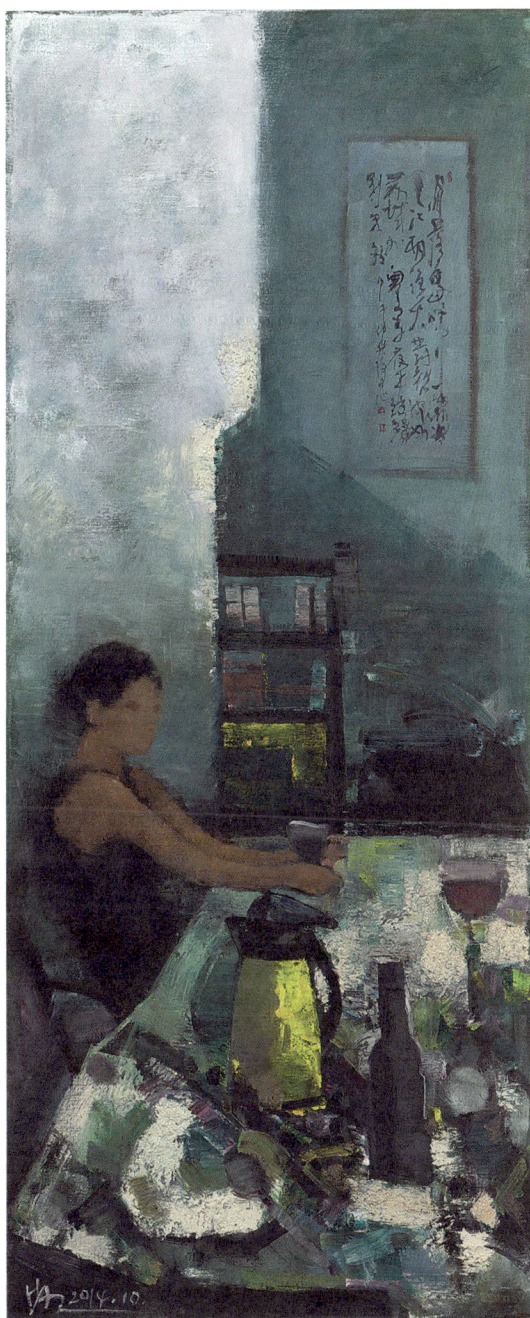

下午茶 120x50cm 布面油画

建筑审美

　　建筑一般是指人居住的房子，当然，也有不住人的房子。

　　从钻木取火开始人就知道了美，用动物的牙齿穿起来挂在颈脖作装饰，用枝叶圈起来盖在头上遮阳挡雨，即实用又好看。山脚挖个洞，地上支个棚，可以说是最早的建筑，然他们也知道怎么做更好看。

　　时代推进，人进化了，建筑也发展了，审美紧随其后。建筑分地域，审美跟着地域的历史、生活、文化融合其中。亚洲、非洲、拉丁美洲、欧洲等等，都有文化特点，建筑风格和审美。我国的南、北建筑风格，建筑样式以及建筑审美就有很大的差异。比方福建的土楼，圆的，一个村庄的房子都是圆的。南方多丘陵，大大小小的圆房子错落在坡上，很有审美。不过建筑的体量、大小、高低都有一定的分寸，这也是审美的要点。设想一下，假如把土楼拔高，那就像碉堡了，审美的意义也就异化了。索性再往高里走，那又是另外一回事了。这种建筑有，它叫碉楼，四川丹巴一带有，矗立在山里，也非常具有审美意义。事物都是这样，体量、形状变了，审美情趣也变了。比如荷花池塘里的莲蓬，在水中摇曳，清新，凉干了插在瓷瓶放案几，典雅，如果把一枝莲蓬放大一百倍，做成一个铸铁雕塑，安置在街口，一定有气势，有品味。审美有个度，有时差一点都不行，然如大胆地过度，改变体量，或许，又有一片气象可以觅得。不过，审美在于掌控，也并不是什么东西都可以无限放大的。你如果把安徽歙县、黟县，和江西婺源一带的徽派建筑拉高，加大体量，就不像话了。我见过一些房产开发商用徽派建筑元素造的房子，六七层高，像是一个小区。徽派房子依山傍水，高高的白墙偶有几个小窗，（据说是防盗贼用的，建筑也有功能需求）比例同整幢房子搭配协调，毫无唐突之感。白墙也有变化，一格小于一格往上，最后收头是窄窄的黑瓦顶，像个马头，所以又称这为"马头墙"。白墙映入溪水，青山与黑瓦相照，极具审美意趣。然开发商造的徽式小区，用了其建筑元素，十几米高的白墙上，开了许多窗，（人要居住，不开窗不行）更要命的是房顶上竖了好多马头墙，矗立高空，满眼的不伦不类。你说这些房子造在街区，能好看吗？能有审美吗？

　　建筑还有个搭配问题，房子和房子之间比例，形状等有相衬、协调的关系。一条街排列了各种风格、派别的建筑，尖顶的，圆顶的，三角形的，和什么罗马柱，弧形拱门等等，有变化而不失整体，就像是沿浦江而建的外滩，蔚然成一派审美。

西班牙巴伦西亚小镇 90x70cm 布面油画

规划师和建筑师是完成建筑审美的终结者。他们的审美眼光，审美默契和审美一致，决定了这个城区的建筑审美。落定的建筑已构成审美，其周边增减房子都需慎重，如若加了房子，扩了面积，而把原来的气脉打乱，把已具的审美消解，岂不悲哉乎。一个很著名的画家受命画青岛。青岛这个城市很美，红房顶鳞次栉比，错落在绿翠之中，半山腰两幢状如铅笔头的教堂置于其间，缜密而不流琐屑。若肃守部位，清气盈堆，如画耶。岂知两根铅笔头教堂后重建了两幢现代化板幢高层，异军突起，把相环相生的脉线搞乱。画家依照风景完成作品，唯独隐去两幢高层。领导看了不悦，问曰：两高房子去何处？不也很好看嘛，为什么不画？画家，领导之审美不言而喻。

领导说的不错，高层建筑亦好看，当然也有审美，问题是怎么搭配，怎么组合。我在美国芝加哥看过那里的高层，高低错落有致，聚散疏密得当，开车从高速公路驶入，远远望去，气象万千，蔚然大观。

当下，建筑的改造亦和审美挂上了钩，老街坊、古城镇开发改建；废弃工厂、旧工业园区改造重修等，都不能忽视建筑的审美。巴黎塞纳河边的奥赛博物馆是由火车站改建的，一进展厅就觉得气相当爽畅。此改造可谓良工缝衣，不安简陋；剪裁完美，熨贴精透。江南水乡乌镇的开发改造亦颇为成功。黛瓦粉墙隔溪人家，万宝备储珍错罗列；琅玕珊瑚藏不能尽，绵绣纷铺目迷意夺。直把江南之秀美，淋漓尽致。尽管古镇西栅居民尽迁为一座空城，亦不失将建筑之审美传承于世。

建筑内部空间的审美，是另一个话题，暂且不表。对于其外观结构，聚散罗列的审美还没就此打住。审美在城市上空悠悠地穿梭，审美也在我们的心头萦绕，久久的，久久的不能忘怀。

学会鉴赏

不要以为画画就是闷头画，好像只要勤勤恳恳拼命地画，就能把画画好。其实不然，我并不是说画画不用花力气，而是说，在勤奋作画的同时，还要关注一下画外的东西。

古人说"功夫在诗外"，画画亦如是。比如审美，比如文学，比如气息等等。还有一个是"鉴赏"，这也是你在学画时必须逐步具备的能力。鉴赏由"鉴"与"赏"两个字组成，一方面，"鉴"有鉴定、鉴别，判断等意思。比如，某某觅得一幅沈周的画，或者八大山人的字，让你鉴定真、假；又或捧出一只瓷器，让你鉴别是明代的还是清三代的，此所谓"鉴"。另一方面，"赏"又有欣赏，品赏，赏识等解释。比如，看石涛的一件原作，其恣纵的用笔与超然的气息，让你品赏不已，赞叹不止；或者是走过宗陵、晋祠，那里的石刻、石雕和彩塑、彩绘，让你感到简静古朴，淳厚苍然，此可谓"赏"。

鉴赏是很大众，很普及的事。每个人都有他自己的鉴赏。什么是他喜欢的，或者看得懂的，能够鉴别的，这也是一个大众审美的问题，什么又是他追求的，欣赏的，暂且搁着不论。然作为一个画家，你必须有审美，有你的眼光和鉴赏。画画其实是一桩综合了绘画的基本规律、技法、技巧，以及文学，美学各种修养，包括你的鉴赏能力。无论国、油、版、雕，各种绘画形式都需要你的综合能力。

当然，懂得鉴赏并不是让你去鉴定文物，古画，而是要你去懂得艺术的高低，品格的雅俗等。如今，成千上万的人在学习绘画（学中国画的居多），每个人、每种画，哪怕是我们看来很俗的画，都会有他们的追随者和爱好者。因此，也不能随便评定他们的画好与不好。好坏我们不必去评，但是，画是有高低的。画一幅画有品格的高雅与低俗，气息的清逸与迷腐；笔墨的醇古腴润与僵滞枯裂。高者，品雅，气清，笔醇，墨润，而低者流俗也。古人云，取其上得其中，取其中得其下，取其下，斯何所得也。凡学画者，一定取其高也。当年徐悲鸿的朋友想跟他学画，徐悲鸿先生对他说：先学会鉴赏。我理解先生的意思，明白先生所说学会鉴赏的作用。鉴赏实际上在不断培养自己的审美与修养；鉴赏还有指导你某些具体画法的实际意义。比如，你是学画山水的，那你得从看展子虔的《游春图》开始，接着了解李成、范宽、荆浩、董源的画法、风格。懂得看其间的规律，山水的开合，构图的气息等，再进一步赏析倪云林的飘逸、幽寂，沈石田的淳朴滋厚，龚半千的浓郁苍劲，石涛的清灵超然，一直到黄宾虹的层层积墨和气韵的幽沉。懂得欣赏，也知晓山水何谓高低。再进一步，就要理解、分析，乃至借用前辈的笔墨与气韵。跳开山水画这一档，你还要懂得欣赏旁类艺术。比如油画、水彩、版画等。它们凝重、轻快的色彩，与黑、白、灰的处理，都能成为你独创山水画风格的元素。再扩大一点，你要懂得如何去欣赏风景，欣赏自然中的山山水水，把自然山川中的妙处与气息，注入到你独创的山水画中。再宽广一点，你还得去欣赏先秦诸子的散文，欣赏唐诗、宋词、元曲等，从而滋养着你的笔情墨趣。如果再把鉴赏的范围模糊一点，那么岩画、壁画、摩崖石刻、画像砖、木版年画、剪纸、蜡染、刺绣等等都是你赏析的对象，其间，还真有取之不竭的养料。绘画要的是眼光、气息、格调等等。那么，不断地提高赏析的品味和赏析的能力，就会对你的眼光、气息、格调的形成有极大的帮助。

倘若你是画花鸟的，或者是人物的，其道理也是一样。你对线条的理解，对于水分的运用，包括对造型的处理，你想一想，从花鸟画发展的绘画史中，找一些自己喜欢和有用的东西欣赏一下。再则，从姐妹艺术中，以及书本和自然中寻觅格调与气息，这样将更有助于抵止不良习气入你肺腑。

我碰到过不少画画的人，其钻研、勤奋卖力的程度无可指责，他画的山、水、花、鸟，红红绿绿的非常熟练，招人喜欢。但是画的品、格却不高。他对我说，喜欢他这种画的人很多，然他不满这个现状，因此，日出而作，日落而息，发奋耕耘，苦于收效甚微，故向我求救。我同他举了一个例子：某人在南京西路静安寺，其目的地是外滩。那他应该是朝东跑，但他却往西郊公园方向跑。最后的结果是，他越是奋力跑，离先前设计的目标越远。他若有所思，似有所悟。问何行？我回答他二十四个字如下：确立目标，找准方向；提高品赏，辨明高低；摒弃旧习，滋养气息。如此，画自可高矣。

远眺 25x25cm 纸本油画

行　迹

大拍卖·1940 南京路 2014 年 70×90cm 布面油画

九宫格

　　我是围着曹家渡长大的孩子。当年曹家渡有许多诸如新华书店、文具店等让我刻骨铭心的商店，但也始终忘不了使我看到"九宫格"的"画像"店，那也是我追寻绘画梦起的地方。

　　"画像"店铺设在 16 路电车起点站南货店边上的一条弄堂口，门面很小，大概只有半开间左右。店堂狭狭长长的，里面放了一个工作台，比写字台大，能容下一人在上面工作，其余空间堆放了许多镜框和杂物。店铺没有店名，门门挂一大镜框，框内"画像"两个大字，算是招牌。招牌边上挂满了大大小小的画像，大都是黑白的，个别有一两幅色彩的，其中最大的那张，画的是当时名气很大的电影明星赵丹，还有颜值很高的影星王丹凤等等，我在其他地区看到的"画像"店，门口挂的也是这几个明星，好象他们这个行业开会统一过一样。

　　"画像"店承接的多半是家中老人去世后需要的"遗像"的活。这种"遗像"因为是手工绘制的，比之照片会更高级一点，且又有"艺术"性，故在当时很时兴，很受老百姓的欢迎。

　　店门面是玻璃的，站在外面能看见伏案工作的画像者。能把肖像画得如此惟妙惟肖的人，我是由衷的"服帖"，因为喜欢画画，所以把画像作为了绘画的目标，而画像者就定为崇拜对象，这也是我经常到曹家渡光顾这家"画像"店的缘故。

　　画像者是用"九宫格"画画的。"九宫格"是一种绘画放大工具，就是两块玻璃，其中一块玻璃上印有红线格子，一张一寸的小方照就夹在两块玻璃当中。边上大画板上也划着淡淡的格子，左上角夹着"九宫格"，"九宫格"上安装了一只能弹开的放大镜，工作台上还放了许多笔，全部的准备工作大概也就这些了。工作中的画像者一会儿看放大镜下夹在"九宫格"中的小照片，一会儿将目光移至画板，手上的铅笔不断地在格子上划动，渐渐地，人像的轮廓出来了，清晰了……我对工作台前作画的人顶礼膜拜，总是认真地看，努力地记，仔细地琢磨每一个过程。因为每次来"画像"店观摩的时间点不同，也看到了不同阶段的效果，慢慢地，我也摸清楚了画像的全部顺序，并悉记在心里。

一天，我伏玻璃看得真切，忽见画像者停笔起身，走出店门，或许是上厕所之类的事情。我逮住机会，一转身溜进画家的工作室。好比谍报人员潜入军统站站长办公室一般，仔细地看一支一支笔，看左上角的放大镜，看搁在一边的炭精粉……让我有了"重大"发现。这里的毛笔是没开过浆的，笔尖是剪平的，还有纸卷成的"笔"，炭笔，炭精粉等等。炭笔和炭精粉我在文具店中见过，不过，当时还不知使用在何处，而笔等工具，都经人工加工制作，一经揭晓，便无奥秘了。此时，我心中暗喜，成为"画家"的日子不远了。

回家后，我找了两块玻璃边角料，求玻璃店划玻璃师傅划整齐，磨去快口，而后，用细钢笔划上红线，自制"九宫格"，又找了一支没开浆的毛笔剪平尖头，自卷纸卷等，开始了如法炮制。无奈自制的"九宫格"不精确，放大时又一环弱于一环，以致每个程序不到位，最后，以失败而告终。心里暗暗思忖，想当画家并不容易，同时，耿耿于怀念想"真宗"的玻璃上刻有红线的"九宫格"。

过了几年，"文革"开始了。因为我具有一点画画的"基础"，街道干部叫我在空墙上画"毛主席宝像"。我提出买工具、材料，第一个想到的是正宗的"九宫格"。凭借前几年的"偷艺"，我熟悉使用"九宫格"的顺序，并成功地在墙上，铁皮上制作了"毛主席宝像"。

又过了好几年，我去了农场，进了大学，最后在美术学院任教，最终也明白了"九宫格"画像与绘画写生的区别。然而，"九宫格"带给我的绘画梦，在我幼小心灵上萌发的兴趣，却使我终身难忘。

通往浦江·1945 160x80cm 布面油画

我 和 曹 家 渡

—1—

曹家渡是上海西区的一个中心，苏州河从她北面流过，或许很早以前苏州河在这里有渡口，又因以"曹"姓人口为主，才称之为"曹家渡"的。

曹家渡以一个圆形街坊为中心，分别有五条马路连接东西南北的道路，所以又叫"五角场"。因为上海东面也有"五角场"为了区分，西面的叫曹家渡五角场，东面的叫江湾五角场。我们还应该记住这五条马路的名字，他们是长宁路，往西通往中山公园（以前叫兆丰花园），第二条叫长寿路，往东一直到大自鸣钟接天目路到北火车站（解放前，沪西的大自鸣钟很有名，那里纱厂多，工人运动也常发生在这里）；另一条叫万航渡路（过去叫梵皇渡路），此路贯穿曹家渡，往南到静安寺，往北到华东政法学院（解放前为圣约翰大学），一下子又变为两条了；另一条在长宁路边上，叫长宁支路，通中山公园后门，长宁支路上有个菜场当时也很有名。

这样，五条马路连接着曹家渡圆心，就成了五角场了。

当年，曹家渡在西区是一个很重要的交通枢纽。那年月公交路线也并不多，曹家渡却一下子占了六条，而且都是设为起点或终点的，只有94路公共汽车是路过的。上世纪六十年代，曹家渡是非常繁华的，我在这里先报一下当时的商店：在中心的大圆盘中有五金店，新华书店，邮局，状元楼，棉布店，健民西药店，绸布店，三民浴室，大新照相馆等。周围的有三阳泰南货店，鼎和祥文具店，沪西电影院，开开百货商店，华光影剧院，万航渡路地段医院，长寿路联合诊所等等，还有附近的苏州河，三官堂，三官堂桥（横跨苏州河的木头桥），苏州河北有活鸡市场……

五十几年过去了，打开记忆的阀门，旧时印象竟如此流水般涌出，并化作一幕幕景象在眼帘划过。

我在很小的时候就随父母由西站（中山公园，解放前叫兆丰花园西面，沪杭铁路沿线的一个车站，叫西站），搬迁到曹家渡。那时的曹家渡建筑大多为砖木结构，极为简易，但人口集中，人气极旺，别说是节假日，就连平时也是非常热闹的。这里的住房条件大都没有煤卫设备，故烧饭要生煤球炉，上厕所要用马桶夜壶。从三四年级开始，妈妈就叫我早上起床生煤球炉。冬季天亮得迟，六点敲过天刚露曙光，我拎上炉子，拿废纸，柴片，煤球，开始工作。先点火烧废纸，做引火，后放柴爿，柴要架空，这易燃，当柴着火燃烧旺时放煤球，先放半爿头煤球易着。煤炉点燃纸，柴煤有烟，烟先浓，渐稀淡，而后弥散。煤球炉轻烟飘悠之时正于晨光相遇。袅袅炊烟空中漫舞，与之砖瓦房舍相合，极富诗情，是时踱少木头搭建的三管堂桥，望船泊两岸，晨雾薄烟，缭绕又生画意。如

若遇上河边灯泡厂的炉子点着，炉火红映蓝天，火焰四起舞翩翩，给诗化的苏州河又添一景。

父亲是木匠，时有在工作中断了铁钉，令我去曹家渡五金店买一寸钉两寸钉之类。从我家沿长寿路去五角场，路不远，十分钟内定到达，途中要经过一个小道观（通常大家称它为小庙），道观不大，也就一小屋，平房黑瓦，屋檐下有牌匾，上面写有道观名字，现已记不清叫什么了。小庙门口一块白墙照壁，上面画有一个比真人还高大的八卦图，图形的一黑一白中间一"s"隔断，这个"s"好像有旋转吸力似的，大人吓孩子说会把小孩吸入。我也害怕，因此，每次经过这里时，总是以最快的速度穿过。而后没几年，这个小道观就拆移了，也不知道搬到什么地方了，但这里黑白相交的图形八卦图却深深地映入了脑海。

曹家渡 18x25cm 纸本油画

五角场圆街坊 20x25cm 纸本油画

—3—

每年的春节前，父亲总要安排我们兄弟几个去曹家渡"三民浴室"洗澡。那年月，去"混堂"汏浴是很奢侈的，夏天冲冲擦擦对付，而冬天一般洗洗脚，揩揩身完事，当过年了，是一定要到浴室去洗澡的，所谓的干干净净迎新年。

三民浴室在曹家渡是比较有名的，每到过年前夕，往往人满为患，有的时候，要排很长时间才能进浴室洗浴。三民浴室的建筑有民国元素的风格，门、窗是彩色玻璃镶嵌，很好看，就连浴室的名字也是民国时期遗留的，进浴室有一小厅候浴，一个卖筹子的柜台，后面挂一价目表。高档的在二楼，沿木楼梯上去，有单间的，供应茶点，浴池也是相应配套的，楼下分两档，价格高一点，座位相对宽大些，也泡茶。还有就是大众的，也是最低档的，位子比较挤，而且洗浴擦干身体后就要催你赶快离开，以便下一波人进来。

我们选择的是大众的，也就是最低档次的，买了竹片的筹码进门，服务员便迎上招呼，非常热情，服务员的身上总是搭着一块白色的浴巾，手上提一根很长的木杆，顶上安有

一个铜叉。在找位子座下后，让你从棉袄、罩衫、绒线衫到棉毛衫，至卫生裤一件一件脱掉，然后，服务员会一件一件全部套在木杆上，一下子又到上面的木勾子上。因为人多，有时衣服会叉到离你位子很远的地方，待你洗浴后把衣服又还给你，永远不会搞错。

洗澡的程序一般先入大池浸泡，然后再进行冲洗阶段。大浴池里热气腾腾，池壁四边坐满了浸泡的人，人多的时候还要"插蜡烛"，站立在浴池中，等有人离开再坐下。我们常常带丝瓜筋相互擦背，有时用毛巾裹在手上擦洗，最后，在小盆里洗刷，或淋浴。我非常珍惜这个洗澡的机会。因此，一个程序走完，又回过跳入大池浸一会儿，再冲洗。有时里面热得吃不消了，会到门口凉快后再进去，用的时间又往往比别人多。

出浴后，服务员会准确无误地甩你一块毛巾，让你擦干，然后，坐在自己的位子上。但是，不消一支烟的功夫，服务员会很勤快地又扔一块干毛巾给你，不断地提示你，洗完了，赶快离席吧。当穿好衣服出门，忽然感到寒风有了暖意。

十一岁那年春节前，天特别的冷，学校已经放寒假了。那是一个星期六的下午，姐姐早下班来我家，姐离开时，悄悄地塞给我一元钱，说是给我过年零用。我太高兴了，欣喜若狂，要知道那时一块洋钿好买很多东西。

我拿了钱，立马就往曹家渡跑去，先去食品商店买枣泥糕，枣泥糕是我平时最向往的零食，今天有了钱，非得先开吃它。枣泥糕品种很多，最便宜的是四分一小块，有糯米纸包着，比较贵的要一角，糕里面嵌有核桃肉，那就更好吃了，我挑了四分的，吃出了一脸的幸福。枣泥糕吃了，接着就又选择了一个我最想去的地方——新华书店，曹家渡新华书店是我常逛悠的地方，也常常叫营业员从柜台里拿出一本本书翻看（那时书店没有开架的书可以自由翻阅），而且总是光看不买，以至于营业员都已经认识了这个常来光顾的小鬼。发展到最后，他们看到我就不再肯搭理我了，所以，每次我进书店，也只能隔着玻璃柜浏览封面，解解眼馋。

今天，我有钱了，所以很神气地走进了书店。快过年了，大家忙着备年货，店中生意也很清淡，营业员披着棉大衣，缩在一角。我手上捏着钱，特意露出一点点，好让他们看到，也就是想告诉他们，今天我是来买书的。于是，我招呼营业员过来，一本换一本地看，为了做好这单生意，营业员开始还很有耐心地配合，直到她觉得终结很遥远时，产生了不耐烦的情绪。我也察觉到了，这才选择了我喜欢的两本"闲书"（妈妈把除教科书以外的书统称为"闲书"，她认为，只有教科书读了才有用）。我喜欢画画，所以选了一本《动物画参考》，像是一本工具书，书中有许多各种动物的动作，可以用来临摹；另外一本是薄薄的《木偶奇遇记》，那是因为小说一号人物匹诺曹的缘故。那两本书的价格至今还记得清清楚楚，《动物画参考》0.17元，《木偶奇遇记》0.23元。

当我兴高采列地走回到家时，发现问题了，妈妈不知怎么获取的我得到一元钱的情报，她面带愠色站在门口拦住我问。

"姐姐给你的钱呢？"

"去曹家渡买东西用掉了"我老实坦白说，

妈妈没想到我那么神速地把钱买东西了，于是追问，买了什么东西？剩余的钱呢？我拿出两本书和余下的钱给了母亲。她没料到竟然是把钱都花在她最不愿意看到的"闲书"上了。随后她坚决地说，"把两本书去退掉。"那些年我家兄弟姐妹多，家中开销拮据，妈妈常把我们额外所得收缴，贴补家用，我是知道这种情况的，现在，我无法抵拒妈妈的命令，拿着书又回到了曹家渡新华书店。书店根本不可能接受已售出的书本，我只好捧着书站在书店门口，希望有人能从我的手中把这两本书买走。天很冷，我哆嗦地靠在边上，望着在我面前匆匆走过的人群。人们根本没有理会在一旁的小孩，我象是卖火柴的小女孩，站在风里，划了一根火柴，灭了，又划了一根，企盼着，眼眶含着没掉落的泪水。

直到万家灯火时，我望见父亲走了过来，一声不响，拉着我的手回到家里，大家默默地吃着饭，也不再问今天退书的情况，好象什么事情都没发生过。

从此，我拥有了从曹家渡新华书店买来的两本"闲书"，也是两本永远藏在我的心中的书。

重游东旺沙

那天去东旺沙时，天已擦黑。伴随春天的风还有几分寒意，摇开车门，也顾不上阴冷，眼前掠过的公路边上那一排排笔直的杨树，似乎还和我相识，风动枝摇，仿佛在作欢迎的招呼。

五十年前，这里叫东旺沙，我们这批知识青年到这里后，改名为前哨农场。按地理位置，东旺沙在崇明岛的最东端，沙土冲积往东海推进，不断地扩大土地面积，崇明岛把延伸出的沙地都称作什么什么沙，那么，最东面的那片盐碱荒滩，而且还很"旺"，就叫做"东旺沙"了。改称"前哨"，也是当时的国内外状况所势。东海涛涛，连接台湾海峡，国民党反动派贼心不死，美帝国主义第六舰队于公海虎视眈眈，美蒋特务蠢蠢欲动，反攻大陆。改"东旺沙"为"前哨"，提醒我们的前沿位置，提高警惕，保卫国家。

车一直开到东沿的大堤，往东望去，茫茫一片茅草在风中摇曳，几滩潮沟积水闪出天光，嵌在滩涂湿地，一块块泥土疏疏密密的连接，像一幅浓缩的富春山居图。三年前，这里辟为东滩湿地公园，一面面旗帜沿堤竖起，猎猎作响，与滩涂茅草呼应，自成一派气象。

站在我们昔日战天斗地的十三连跨过中心河去场部的桥上，举目四望，不禁浮想联翩。连部的那几排低矮的草房、食堂和用竹杆搭起来的牌楼早己不复存在，取而代之的是沿当年机耕路边竖起的状如新邨房子的大楼，机耕路也修成柏油沥青马路了。眼前掠过的是回忆的片段，一个个像电影镜头的画面：刚刚下过雨，雨停了，敞篷大卡车停在泥泞中机耕路边。下来一群稚气未脱的青年男女，背着铺盖，搭着包，拎着网线袋，里面装着脸盆，热水瓶，像是排着队，又像是三三两两艰难地走到了操场。连长、指导员迎接我们，把我们一个个领进原先按排好的草棚。我被按排在第三间，双层的铁床，蓝色的，床板是铁皮拉成镂空方格，上面铺了一层草编席。风从草缝间吹进来，春天刚刚来到，天还是有

南门港 17×26cm 纸本油画

点冷的。第二组镜头映入眼帘……插秧季节，天没亮就被叫醒去拔秧。拎着凳子，摸黑走到秧田，好在路熟，听着悉悉索索的脚步声，跟上就是了。赶早是因为别误了季节，拔、插的连续性也需要时间，拔秧劳动工序简单，纵然黑漆漆一片也能进行。春夏之交，蚊子具备了进攻能力，四面八方袭来，叮得无法防御。急中生出一计，把秧田里的泥涂在裸露的皮肤，也能抵挡一阵。天亮了，把秧苗挑到稻田，分堆放在田埂。甩秧要有技术，一把五、六扎秧，要洒得均匀，不多不少，以便插秧的人往后退，随手可以拿到秧苗，又不致于多余的秧把妨碍插秧。第一个下水田的插秧速度要快，不能让后面的人超上来等你。故而，排在前面的往往一鼓足气一垄到底，等到头后腰直不起了，躺在埂上一时爬不起来……闪过的场景太多，真的无法一一描述。

站在桥上，把思绪从记忆中拉回。岁月已逝，场部的房子和周边的建筑早已换了模样，然依稀记得旧时的印痕。小卖部、医院和北面的工程连，恍惚中我们的连长老吴在小卖部柜台前一边吃苏打咸饼干，一边拿"手榴弹"（二两半小瓶白酒）潇洒。河边的农机连也无影踪，河水无语东流。

通往牛棚镇的泥泞道已被翻筑柏油马路，当年我们回上海的必经之道。如今，道路两旁的杉树已经长得很高了，树梢上一只鸟巢在风中摇动。巢中飞出一只鸟，不一会儿，又飞了回来。

我想，我也许不会再飞回"巢"，但是，我会把东旺沙的岁月收藏。

外滩 •1940 70x100cm 布面油画

外滩·在心永存

　　外滩是我常去遛达的地方。少年时代顽皮，经常结伴违纪跳入黄浦江中，顺水游向浦东，所幸没有溺沉挂了。及长，到外滩有罗马柱的建筑门口看解放军持枪站岗，亦不敢越雷池一步，那时这里是上海市人民政府办公的地方。等到工作了，知道外滩有个情人墙，好奇驱使走过路过观察。沿江防汛墙上一溜成双成对排开，伴侣和伴侣之间只隔一个拳头的间距离，远远望去像列队似的，晚风吹拂，浦江水拍打配乐，真不失为一道风景。

　　我记得小时候看到过画家哈定的一张画外滩的水彩，觉得嗲得不得了。画面取景是从南京东路和平饭店门口获得的，好像是雨景，一只黄色的有红条纹的警察岗亭居中偏右，高高的，有舷梯可攀，在画中有倾斜，两辆自行车从岗亭前驶过，有倒影反光，很优美。当时不理解，岗亭为什么要倾斜呢？后来懂了，那是画面构图的需要。

外滩，就这样注入到了心中。外滩叫得顺口，也好记，全然不理会那条沿浦江而筑的路叫什么中山东一路、二路的，相信大多数上海人也是只记得外滩，而忽略路名的。外滩在浦东的"大珠小珠落玉盘"的东方明珠，貌似宝塔般的金茂大厦，和犹如"汽水扳头"的国贸，以及像"针筒器"一样的上海中心落成以前，绝对是上海的标志，上海的符号。

上世纪六七十年代的旅行包上，毛巾、茶杯、脸盆上，都印上了上海大厦、外白渡桥、和平饭店等图案，作为标志。让全国人民知道，外滩代表了上海。那海关顶上那口大时钟奏响的"东方红"，至今仍悠悠地在申城上空回荡。80年代以前，我住在曹家渡的一个阁楼上，能听到那振动人心的钟声、乐曲，以及浦江上轮船的汽笛声。现在回想起来，还能品得出甘甜的滋味。

整整一个世纪了，外滩的建筑留下了那条起伏的，优美的，具有审美意义的天际线。从百老汇、华懋、汇丰银行到海关钟楼等，汇集了诸如巴洛克风格、文艺复兴风格、西方古典主义、法国古典主义、复古主义等等建筑样式，外滩成了万国建筑博物馆。现成的，不用策展，敞开的与天地接应，随时可以参观。钩沉时代的车轮，排列外滩1号到33号，如今已成历史的百年交响，奏出了建筑音符的合唱。面对那一幢幢房子，可以对应一个个故事，岁月的印痕镌刻在每一块大理石，花岗岩石块上。走近它们抚摸，会油然生起莫名的感慨，思绪万千，是为历史，为中华民族，为世界大同，抑或只为外滩的建筑艺术？我不知道。

新纪元不可阻挡地到来了。外滩的建筑上竖立了一杆杆五星红旗，迎风飘扬，划破了原本起伏的天际，外滩依然矗立历史。六十七年前，陈毅市长收管了外滩，从那时起，外滩经历了多少风风雨雨。人们聚集在这里游行，欢呼胜利；人们在这集会，抗议帝国主义，支持第三世界人民，呼吁世界和平。有好多次我都挤在队列中，举着小旗帜，一面呼口号，一面向那些老建筑行注目礼。每逢节假日，大家拥入外滩沿江大道上游乐，赏灯，似乎又成了常态。若有亲友来相问，一片风景在外滩，届时，我像是导游似的，带一帮人瞻望。外滩那一排排建筑，又见证了几十年的拆拆迁迁，悲欢离合。远东第一弯建了，而后又拆了，我曾驾车从延安东路弯道驶下，那一片风光没得说，然从北往南看，这一弯竟把心给堵上了。也许，当时建有其道理，那么拆，可能更顺人心。当年，车马多了，挤在轮渡口酿成悲剧，元旦看灯，疏导不当，终成惨痛。历史总会有那么一丁点儿瑕疵，历史也会记住教训，展望外滩，终究瑕不掩瑜。今天，我们还要维护外滩，弘扬外滩，把外滩的百年历史传承下去，让子孙后代留存历史的回忆。

外滩是上海的外滩，外滩是全国人民的外滩，外滩也是全世界的外滩。历史已经百年，百年交响必将谱成百年唱诵的诗篇。

外滩，在我心中永存。

朵云轩，初心不忘

我和朵云轩早在五十多年前就结下了缘。尽管南京路已被辟为步行街，朵云轩的门楼、门口橱窗以及整个营业厅也变了模样，但马路边上那棵梧桐树依然，树梢的叶子一片片划落，悠悠飘过，像是岁月在时光中散去。

回闪多少个春夏秋冬，林花谢了春红，秋深飘零黄叶，朵云轩经历了半个多世纪的风雨，已然名闻遐迩。那时，我不过十二、三岁，怀了当画家的拿云大志。无奈家境贫寒，除了给我们吃饱、穿暖外，没有力量再去支持其他兴趣和爱好。我只能游走在新华书店、卖绘画用品的文具店，以及所有的和画画有关的场所，做着一个个石破天开的梦。朵云轩这个百年老店的发现，就像是黑夜的一盏明灯，波涛中驶行的航标，给了我光亮和方向。

于是，我成了朵云轩的常客。那里有我看不完的东西，文房四宝、文人字画、印章、刻刀……还有印制得很讲究的信笺、折扇，以及木刻水印的传统工艺等等，它是一个免费的艺术殿堂。

我差不多一两个礼拜就会去一趟朵云轩，在店堂里待上一两个小时。在店里干什么呢？其实什么都干不了，使用最多的是眼睛和脑子，偶尔也会用积攒下来的钱买一些橱柜里放着的最便宜的图片、毛笔之类的东西。对我来说，这里所有的东西都用眼睛看的，一只笔洗，在我手上翻来复去地可以看几分钟，最后让营业员放回原处；一张明信片大小的图片，上面印有齐白石、潘天寿、王雪涛等名家的山水、花鸟小品，我会让站柜台的人拿出一叠，仔细地看，一张一张反复比对。

总觉得每张都有特点，哪张都好，所以纠结啊，想想口袋里只有几只角子，最后一咬牙，拿下四张。两张齐白石的，一枝梅花，三只小鸡；两张潘天寿的，一张画的是三只荸荠（地梨），另一张是菊花，价格是每张一分，共花了四分钱。这些画都比较简单，一笔一笔交待得十分清楚，用作临摹极为合适。后来嘛，后来就因为上山下乡，上调，读书，工作，搬家等等，那几张被当作宝贝一样的图片，不知怎么就没了，一直到今天，我还耿耿于怀。

朵云轩店堂柜台后面挂画，名角的画，都是些日后我膜拜的大画家的画。我记得有徐悲鸿的马，齐白石的虾、牵牛花，还有潘天寿的猫等等。当时年纪小，知识面窄，好像仅知道这几个画家。当然陈列的画很多，琳琅满目，我不知画家是谁罢了。有时候二楼也挂画，也有出售，故所以常替换新的作品展出，而且是不收门票的，这也是我常去朵云轩逛悠的重要原因。我一边看，一边想，想的思路也比较开阔，想这张画的用笔，想那个墨块是怎么涂的，还有那些线条的游走，手里还比划着。可是看是看了，想是想了，也揣摹了，好像没什么用，因为回家后都忘了。不过，现在想想，当年的这种"看"，还真有潜移默化的作用。有时候想豁边了，竟然冒出一个"不可告人"的想把自己的画和他们的画挂在一起的想法。这种"狂妄"的想法，当时没有人可以倾吐，也不敢，不像楚霸王项羽年轻时看到秦皇车骑驶过，还可以对着他叔叔喊出"吾当取而代之"那样。

朵云轩里能够看的，也是最扎劲的木版

福州路 60x80cm 布面油画

水印技工在玻璃橱窗里表演印制的水印国画。我曾仔仔细细看技工拿一块块木版，套印一块块墨色，一层层印上去的工序。当时印的是齐白石的一张竖条的《小鸡》，那张画有好多只小鸡，浓浓淡淡的，墨韵化的和原作已到几乎分不出真假的地步，其效果不比现在的用高科技高仿的差。店堂里挂的除了真迹外，好多作品都是水印的，从价目卡上可以看出，水印的便宜。因为印得逼真，据说，后来的拍卖当中，有混在其间的水印国画被当作真迹拍出去的。我想朵云轩的水印技术，应该属于非物质文化遗产，不知现在还有传承否？前些年，我们学校请了朵云轩的一个老技工来讲授水印木版国画，他说，掌握这门技能的人仅剩一二了，这活又苦又累，现在的年轻人都不肯学了，言语中带了些许伤感。

我常常想，旧的东西就一定要全部淘汰吗？俗话说，旧的不去新的不来，几百年能够传下来的话，肯定也是对的。但是，这个世界上有大相径庭的智慧。譬如，古人说，哀莫大于心死；而聂绀弩说，哀莫大于心不死。又如，若行路遇山阻，可学愚公移山，也可绕山而过。有人说，绝对不能贪便宜购不需要的东西；也有人说，买打折商品，那怕现在不用，总有用得着的时候。细细想来，这两种思维都有道理，那么，是不是有可能旧的不去，新的也来呢？

今天，朵云轩已经是全新的了，旧的已不再有复。然逝去的要不要拾取，譬如将要失传的木版水印国画，譬如我的初心。

烟横水漫 140x140cm 中国画

回望水乡

水乡多水，顺着水流上溯，去寻觅蓝天下的那片土地，去拾取记忆中散落的情愫。闲话水乡，不想把真切、淳情和那些原汁原味中所透出的古韵，去汇入流行的光盘，而是让思维在流水之中，化作清静、悠闲的旋律悠扬。

20多年前，旅游尚未时兴，然我因职业关系，常有机会去周边的水乡、小镇写生。有时带上一帮学生，有时几人结伴同行，凡有水有镇便去，真可谓把这黛瓦粉墙看遍、江南烟霞饮尽。

有一年七八个同学去淀山湖畔的商榻写生。那时交通不便，记得是背着画具走进小镇的，这商榻自古就是交通不便，"商榻"的地名就是取商人下榻之意而定的，说的是商人经商行旅经过此地必须下榻过夜，待明日"鸡鸣早看天"赶路。是时天很蓝，白云飘飘，秋高气爽，河道纵流，小桥横亘，一路寻觅景象便觉充满色彩。商榻镇上的房子也就是通常见的黑瓦白墙，这是我最早见到的江南水镇，其中古意，至今相隔了30年我还记得。如今，大桥、公路横穿商榻。古意亦荡然无存。

再说周庄，那时进镇不用买票，但必须坐船才能进得，坐在船上，会想起柳宗元那"欸乃一声山水绿"的诗句。街中心商店不多，仅有的不过是几家饭店，一些购买油、盐、酱、醋和杂物百货的店铺。不繁华。沈厅、张厅也是有的，但并不张扬，好像也不见浓油赤酱的"万三蹄"。那时的周庄，石桥横跨清漪的流水，青石板沿水边的道路铺设，石板路同延伸水中的石阶相连。包着头巾的姑苏女子站在水边的石阶上伸腰，头巾上有蓝白相间的传统花样，石阶旁边放着尚未洗完的布衫，是蓝印花布衫。青石板上亦有拎着篮子的妇女在行走，头上也包着有传统色彩的头巾，衣衫是斜襟的，纽扣是传统编织的葡萄纽，把它织成平面就是现在流行的"中国结"。中老年人喜欢孵茶馆，茶馆往往设在已有百年历史的石桥旁，或是青石板路的转弯处，水边繁华地段的一侧。他们坐在已经上了下半段排门板的茶馆中，一边喝茶，一边品着历史沧桑，一边看着过路的人群，来往的人也大多认识，就这么张三、李四地吆喝着，晨曦中充满了人情和诗意。茶馆中光线很暗，然却有茶褐色的油画调子，茶馆的圆木柱上贴的反映时事的标语，使我想起丰子恺笔下的茶馆，那圆柱上贴的是"莫谈国事"的标语，两个茶客在斜贴的标语下，把茶话桑麻，不过，那是二十世纪三四十年代的茶馆。现在看来，也许，那昏暗气氛和弥漫水气、烟雾的地方才更像茶馆；也许，那种茶褐色调更符合水乡色彩的调性。茶馆的门口有廊棚，坐的花岗岩石桥和水中的小船，构图是最佳的。望远处看，呈现出的是虚朦的蓝紫色，不知是小船上的炊烟，还是水中冉起的薄雾，或者是从茶馆中溢出的人气、烟气，晨曦中的颜色真有韵味。此时，茶馆中的老板或者伙计一定会端出小凳，让你坐着，并且沏上一杯茶，坐在小凳上喝茶，你能品出富有人情色彩的民风。

那年冬天，从嘉善坐车到西塘。那时去西塘要换好几辆车，那里的老宅、庭院、石桥、廊棚，以及房舍之间的弄堂古风犹存。几次倒车，路上花费了好几个小时，待到镇上已经下午 5 点多了。寒风提早从黑夜走出。那种寒冷，用刺骨、凛冽诸词来描写不会为过。乡村没有夜市，镇上的店全部打烊，好不容易找到一家做猪油饼的，每个人只分到一个半饼和半碗骨头汤聊以充饥。现在想起来，是任何山珍海味都无法比的。走在一旁是水、一旁是朴实无华的民居的小街上，天色已近昏暮，想不到这昏暮中的景物如此动人，当时的感觉像是回到古代，像是走进"清明上河图"中。街上人烟稀少，怕是都回到屋里，那些老宅的门板和花格窗，碎石和青石板铺

成的路，斑驳的粉墙，能看得出岁月留下的印痕。那时没有宾馆，找家招待所，租金只够现在买半张晚报。楼上也有房间，上楼梯会发出"吱呀"、"吱呀"的声音，开门窗也会有同样的声音，透过窗口能看到青砖铺成的天井，中间放了一张八仙桌，几张凳子是供客人闲坐聊天的，睡梦中会听到老鼠打架，有吱吱的厮打，有急促的追跑……每每想起这些声音，我会觉得那些远逝的生活，仿佛就在眼前，让我进入另一个境界。

时光流连不再往返，水乡景观扩展方兴未艾。乌镇是老料新做，西塘、锦溪搞廊棚延伸重建，周庄的沈厅、张厅的高墙雕栏，朱家角的大红灯笼高高挂……一派风光，可谓多姿多态，水乡被旅游炒得沸沸扬扬。有好多地方都把自己作为世界文化遗产向联合国提出申请，于是便大兴土木，涌现出一大批类似影视基地的建筑。前些日子报上介绍上海市区挖出了一座元代水闸，当电视新闻中研究人员用刷子掸去石柱上尘封了千百年的泥土时，我在想，难道文物非要埋在地底下不可。忽然又想到小镇所具有的文物价值。当下，小镇面临的是保存和开发的矛盾，开发是为了旅游，寻找景点、建造新的建筑，架大桥，修公路等等无可非议，然我们千万不要忘了保存历史。走过流水，记取逝去的年华，那些由人、物、情以及氛围组成的人文和历史景观，依然留有清远的回味，挥之不去。闲话水乡，我们还能追寻到那远去的古韵吗？

水乡 100x73cm 布面油画

记取陈年旧事

　　1980 年代中叶，国外的许多文化、观念，以及思想等影响到国内。这时期画坛上有多种艺术形式，传统的、观念的、现代装置的，也有各类的创新等等，在绘画界呈现了一个多元的状态。那时，我有好些同学、朋友都在搞装置艺术，我常跟他们在一起，只是我不太懂得前卫的艺术语言，一时无法入门。尽管我是在大家还在规规矩矩写生时，就已经外始用黑线勾轮廓、填颜色，甚至用方笔触排列天空，大搞形式了。

　　这一时期，无论是在搞国画、油画或者雕塑的，大家好像都在寻找自己的绘画语言。我手上有几本当年青年美展的资料，这些资料中分别刊有俞晓夫、周长江、施大畏、张培成、刘亚平等人的作品，也有我的。从那里可以清楚地看到我们这批现在五十开外的画家的作品，从青年开始发展变化至今的轨迹。晓夫在他的那幅《轻轻的敲门》后，又创作了《孩子们和毕加索在一起》，此画在"国际青年美术作品展"中展出，从画面的构图和笔触来看，较之于前幅创新意识要强烈得多。长江在那个画展上展出

逝去的风景 1 100x150cm 布面油画

的是题名为《窗口》的油画，已渐趋形成他后来的《互补系列》。大畏是善于大型创作的，在那个时期，也探索了不少笔墨的趣味。培成有与生俱来的笔性，使他的作品充满了灵气，但是，那时他的画还没有现在的那些富有民间意味的色彩。亚平那时的涉及面很广，又搞油画，又搞版画，风格好像也未定。我一直追求画面的形式，在那时的一些青年美展上，也有了构成的雏形。

后来我们这批人在一起组织、策划和举办了好几届青年美术大展。除了晓夫、长江、大畏、亚平和我以外，还有沈浩鹏、肖谷，包括过早离开我们的胡志荣，以及现在美国的张健君等，他们都是积极的组织者和策划者，并拿出自己的作品来直接参与青年美展。那时的青年画展都是团市委牵头的，当时组织画展的团市委领导，现都在市里或者区里的领导岗位上。当年美协的领导徐昌酩、朱国荣等也都非常支持青年美展，他们每年都要来参加评选。想想那些年送展品时的场景，真是感人至极，在长长的排队人群中，有踏黄鱼车的，一人骑车，另一人坐在上面扶着的；有把画支架在自行车上推了好几里路的；有手提肩扛步行的……那时是很少有人动用汽车的。大家一边卸下车上的或者肩上的画，一边手绕着绳子在交流着创作的体会，相互的目光中闪现出急切的希望。清点一下每次的征稿，总有一二千幅之多。为了鼓励大家的积极性，每次都动用了美术馆的两层楼面为的是入选作品可以多一些。青年画展让大家有更多的机会展示自己的才能，现在回想起来，我们的青年画展还培养和造就了不少画家，有好些现在知名的画家，当年都在青年美术大展上得过大奖，比如杨剑平、姜建忠等等。那时也存在经费问题，记得好几次，我骑着自行车冒着大雨，或者顶着酷暑去新沪钢铁厂、凤凰牌自行车厂等地去向他们要赞助。故而，得奖没有奖金，只是荣誉，有一次是物质的，大奖的奖品是一辆最新型号的凤凰自行车，当然也是厂方提供的，宣布得奖名单后，获奖者立马骑走……记取那些流年旧事，总觉得和青年画展有说不完的旧时情谊，分割不开。

几天前，刘海粟美术馆的周卫平要我为此次在上海青年美术大展上得奖的朱忠民写篇画评，作为一个老青年画展的组织、策划和参与者，写这篇短文是义不容辞的。想这几年上海的青年画展接连不断，展览的路子宽了，风格形式也是多种多样的，许多本地的和外省市的画家参与，一下子又涌现出好多相识的和不相识的人来，于我们这些对青年美术大展有许多旧事可以回望的人来说，那是最为高兴的。

城市上空飞着鸟

城市上空飞着鸟，小时候坐在马路边抬头望南飞的大雁，一个、两个……一个、两个……可怎么样也数不清，待回头时，大雁已嗷嗷划过。

城市上空飞着鸟，漫天而飞的是鸽子。尽管吃航空饭的人讨厌鸽子，生怕它一头钻进飞机的某个部位，使之表演一个迫降的空中杂技，再酿造一个令人痛心的事故。然鸽子却是和平的象征。你看它的色彩、线条、造型无与伦比，不然，毕加索笔下的"鸽子与少女"，那种优美的线条，那种动人的造型缘于何处。白色的、浅灰的鸽子在灰色天空的映衬下，在一幢幢大楼之间转着圈子，它们迎着阳光，追着暮色愉快地飞翔着，城市也因此变得生动起来。

城市上空飞着鸟，飞近了看是麻雀。在大跃进时代我还年幼，但仍记得大家爬到屋头顶上，敲锣的、打鼓的，铿锵铿锵地把麻雀吓得无处可藏，我还亲眼看到一只麻雀坠落下来，摔个半死。现在麻雀不打了，它们自由自在地在屋檐下、篱笆前决然而飞，也为城市装点得鸟语四处。

城市上空飞着鸟，定晴一看却是鹞子。在一幢堂堂正正的大楼——人民大道 200 号，上海市人民政府新的所在地，和在一个酷似青铜鼎的建筑物——人民大道 201 号，上海博物馆新址之间，在人民广场的空地上，在摆摆走动着鸽子的草地上，在那片并不很大的空间里，青年和儿童手扯着长线，抬头望着天空，看着随风飘扬的纸粘的风筝。偶尔一只风筝断了线，飘忽着远离人们的视线，不知飞向何处。

城市上空飞着鸟，那是一只庞大的"广告鸟"。"鸟"身上赫然几个大字——"三得利"。它轰鸣着掠过人们的头顶，同时也带着一块硕大的投影在城市中间移动，忽而遮住半条马路或者是两辆汽车，忽而覆盖了一片草地，把花儿嬉弄在阴影之中。它缓缓地移动着圆圆的身体，也不知它从哪里来？它又要到哪里去？

城市上空飞着鸟，仔细一看却不是。但见空中"飞鹰"在翱翔，航线开辟一条又一条，轰隆隆把城市闹得像过年；又见高架上"红旗"、"桑塔纳"在飞驰，还有"别克"、"帕萨特"，把立交马路像流线一样给串了起来。现代的城市——飞机在空中飞，轿车在空中飞，吊车、大楼也在空中飞。

城市上空飞着鸟？然常常不见鸟儿飞。披着浅浅的冬日的阳光，凝望着雾气迷蒙的天空，我希冀天空再出现一群群大雁，一会儿排成个一字形，一会儿排成个人字形。

俯瞰 •1932 上海 70x100cm 布面油画

梦回雁飞芦草扬

　　老三届们回城了，且不说再教育中给我们留下的万般辛劳，也不叙那难忘的艰苦岁月。然每个人都有自己铭心的故事，这段生活经历给我们留下了一笔可贵的财富，它就像空谷中的呐喊，在万山重叠中折回一声声回响，悠悠扬扬。这是青春的回声，它将同人生鸣钟交响，谱写一曲又一曲新的乐章。

　　我也从遥望满天星斗走进万家灯火，在一所美术学校任教、从事艺术创作。几乎每年都要带学生或者独自到全国各地去深入生活，搜集创作素材。每到一地或是村里转一转，山里兜一兜。原先还拼命画速写，后来大家都用照相记录生活了，渐渐地我的速写也画得少了。诚然我也知道游褒禅山的哲理，也想静下心来寻求月光下承天寺的意境。然终因时间关系和贪多务得而频频向四处出击。当然，尽管眼下这种下生活、搜集素材的方式也让我们开拓了眼界，而且也是目前艺术院校学生学习创作之路。然而我却另有一份得天独厚，因为我拥有那段生活，那段生活让我悟出的道理成为创作的艺术思想，流进了我的血液，使我在创作中不断发出悠远的回声，那么低沉、那么回转。

　　我到农场那年才 17 岁，住的是抗大式的草房，用芦草盖成，外面冰冻，屋里的毛巾也笔挺。我们头顶雪花挑大堤，围海造田；脚踩淤泥开河，兴修水利；冒着酷暑插秧，打翻身仗。那时是时兴画工农兵头像的，空隙中不断地画头像速写，晚上悄悄地临摹书上的赤膊人。在一个繁星满天、凉风习习的夜晚，一个 60 年代初参加围垦的老职工对我说，他是因为让一幅画的意境感染而来这里的。"芦苇深处一叶小舟，其一半掩于苇中，一猎

水域流水 30x150cm 中国画

人正举猎枪，天空中一群大雁点点横飞。"这是一幅富有诗情画意的版画。他说他找了几年，终究没有发现这个场面。他说你喜欢画画你去找找吧。于是我便去寻找这个场景，我去过海滩，走过河沿，伫坐江畔，看过小舟在芦苇丛中穿行，也见过无数猎人，也终究没有见过这样一个画面，终于我带着遗憾回到了喧嚣的城市。

好多年以后，我在这个城市里生活、学习。农村的生活像是电影镜头般的在我面前一一闪过。我还时时想起那则故事和那种城市所缺少的宁静。终于有一天，我仿佛看到了这寻求多年的场面，它像梦一般地展现在我眼前，我又好像看到了另一幅幅画面：一轮红日西下，远处小舟片片，夕阳将海滩染成一片金黄，微风中带来一阵阵渔歌；机耕路上车辙纵横，两旁灌木簌簌作响，春雨中绽开嫩芽，星星点点透出新绿，一顶红伞迎面而来……这似乎不是生活中的，但我可是确确实实在这诗一般的意境中生活过呀。我终于悟破了六祖慧能的禅机，悟出了其中的道理，那大雁横飞、芦苇摇曳的境界像是空谷的回音，不断地回响在我的创作生涯中。

御风而行
泠然长存

在东方传统精神和神韵与西方现代观念和形式相融合这条艺术道路上，林风眠是一个御风而行的探索者和实践者。他所倡举的那面中西融合的旗帜，在世界艺术之林中高高飘扬，他以一生的探索与奋斗，创就了一条"林风眠之路"。

林风眠原名"凤鸣"，是一个吉祥美好的名字，后来他把"凤鸣"改成"风眠"，这一改，把他那诗人的气质和一生所追求的诗意都体现了出来，于是，林风眠在风中之眠，沐浴着月下清风，承受了带有诗意的晨风的洗礼，当东方微亮，泛出鱼肚白之时，他又跟着阳光御风而行，划破晨曦星光，冲向苍穹，照亮了一片天地。

林风眠在欧洲留学之前，接受的是中国文化的教育。绘画是写《芥子园》，文化课本是《三字经》、《千字文》、《千家诗》，到《全唐诗》、和《昭明文选》，那些文选中所渗出的文学艺术观点和思想作用，使得他到了欧洲后，对一种非古典的、近乎于浪漫主义和象征主义的表现风格一见倾心。在二十世纪二十年代的巴黎画坛中，林风眠从那些在当时诸如莫奈、凡·高、毕加索、马蒂斯以及莫迪里阿尼等炙手可热的大师身上发现了东方艺术的影子。这就使他在第二次学习中国画时，不再从临摹画谱、画稿入手，而是从瓷画、壁画、画像砖、墓刻、剪纸等诸多的民间艺术中汲取营养。他像是同凡·高、莫迪里阿尼、毕加索等人从东方艺术中汲养一样，站在西方的角度又重新发现东方，林风眠的根在中国，比起西方现代主义者所追寻的原始主义情调来，可谓得天独厚。这种发现，可说是林风眠在欧洲学习西方艺术最大的收获。有了这种思想指导，他所关注的是现代主义作为一种此起彼伏的纯粹艺术问题的探索，和他对现代艺术的悟解。在欧洲之时，他终日埋首画室之中，用自己全部的智慧，专在西洋艺术之创作与中西艺术之沟通上做功夫。

秋岚 110x30cm 中国画

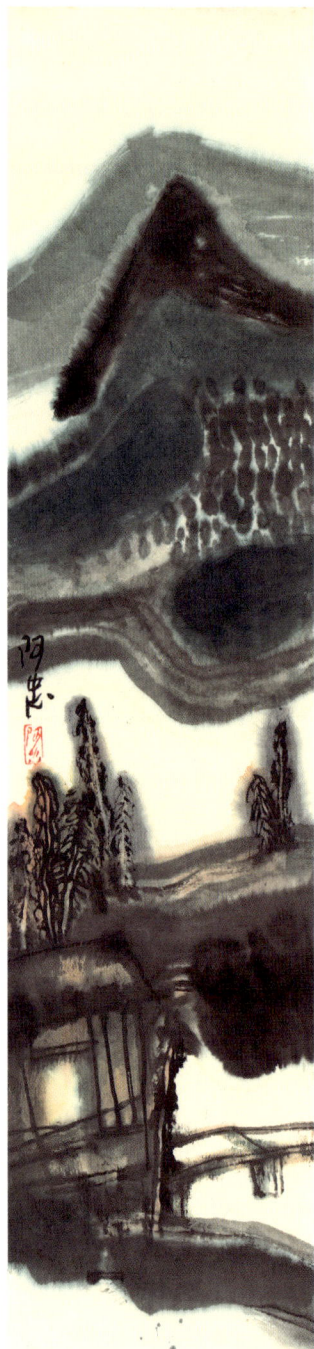

叠翠 110x30cm 中国画

因为林风眠有着诗人的胸怀，因为林风眠有理想的追求，因而，林风眠的创作从一开始便是个性化的了。无论是 30 年代的油画"裸女"，还是在 30 年代创作的纸本水墨"白鹭"和"鹤"、"江风"，尽管画种不同，但那种近乎表现主义的手法，却都是一种融中西艺术的审美结构，和一种东方的审美趣味。

林风眠一生没有重大题材的创作，从三十年代到四十年代初开始，创作的都是水墨、彩墨和油画，其画风基本不变，只是不断地从其他艺术中汲取精华，来充实和完善他的那些富有诗情的画作。即使在大跃进时代，他笔下也还是那充满趣味的造型，比如"田间"，比如"劳作"、"捕鱼"和"渔市"等等，显示了一个画家的一种执着。

纵观他一生的作品，大约可以分为以下几种类型。

一是油画、包括在欧洲画的，画面充满的是东方的原始情调，和东方的笔情墨趣。那种洒脱，那种写意，那些色块和线条的处理，仿佛他并不是在画油画。其形式、构图、色彩都和彩墨相似，而从艺术的根本来说，实际上也根本不用分什么油画、国画、水墨或者彩墨。因为林风眠从一开始便是追求的他那种中西合一的艺术，因而，不管用什么材料，他崇尚的是一种永恒的精神。

二是水墨，尽管少年林风眠练就了一套传统的中国画功夫，而当林风眠从欧洲归来，再重新拿起毛笔在宣纸上划着线条时，那种画面的气息，那种感觉，那种所表现出来的精神以及效果，同以前画的国画相比，已经有了质的变化。那倏忽的线条，分明是明、清青花瓷盘、瓷瓶上而来的，那些花青色同墨混然涂成的泥滩和在风中低声吟唱的芦苇，并勾勒出一只、二只白鹭，或者是低沉的垂云和河岸当中那条白澄的江面上飞速而过的一群秋鹜，又分明是运用了西洋画中的明暗互相映衬得处理，那些水迹墨迹，或韵散，或沉淀，或浑然，又分明是从传统中淘取的精华。

三是彩墨，那可是林风眠将他的艺术淋漓尽致的发挥，也是他将西方色彩构成和东方的线条神韵浑然天成的结合。作品体现出的是一种最佳的组合，一种最佳的诗情效果。你看那幅"琵琶女"、"莲花"、"仕女"等等，怡然的神态和优雅的姿势，在西方的经典中也可谓独树一帜，那些看似平涂，却又透着光亮的处理，是因为林风眠的白粉勾线。那些时隐时现的白线勾勒了形象，又增添了节奏，同时又体现了雾里看花和水中望月的东方朦胧之美，那种幽深、悠然，那种恬静、泠然，让人陶醉，令人赏心。你看那一组"静物"，在墨、红、白等色彩的搭配中，你能看出中国文化的影子。在瓶、罐、果、盘、花、桌、台的组合中，你能看出一些西方的图式处理。在稀疏的花朵，轻盈的衬布和粉线勾成的玻璃器皿上，你能看到西方的表现主义、印象主义和野兽派的某种关联。在夕阳、山村、秋林、农舍中，在浓郁的柳林、金黄的丛林、怒吼的松涛、幽静的溪流、起伏的山丘上，加上一抹远山，或者几朵浮云，你又能看到壁画、帛画、画像砖的影响。然而也根本用不着严格地划分林风眠的什么什么是什么什么地方而来的，其实，他的作品早已用自己的才华将古、今，中、西的艺术融合为一体了。

当今，研究林风眠已是我们一个永恒的课题。小生也晚，无缘同林风眠相识或者成为他的学生，不过，从我懂画开始，就一直仰慕林风眠，追随林风眠，他将伴随我御风而行，去追寻那长存的泠然。

南浔拾梦

　　二十多年前，我的同学告诉我，浙江湖州有一个叫南浔的小镇，说那里的明清建筑有一种迷蒙，那里的花岗岩石桥有一种古韵，很入画。我因而知道了南浔，知道了在运河边上的那座小镇。说实话，我无数次在那些横跨着石桥的悠悠流水边，在那些卧枕着一川烟雨的黛瓦粉墙旁，欣赏着房舍重叠错落的构成，追寻着弥散的远古遗韵。常常在被称作"江南水乡"的古镇之间来来往往，然终觉水镇的规划、构筑，房舍的营造，水道的交错等等，似曾相识，大同小异。因此，当我在经过 318 国道时，虽也常看到标有"南浔"的指路牌，但终究没有去过。

　　年前遇到一个南浔的朋友，他觉得奇怪，画画的人怎么没去南浔，他说，去那里看看，或许，它会给你一些灵感。

　　去南浔看看吧，也许，那里真会给我带来灵感。从 318 国道拐弯，走过那座架在浔溪江上的大桥，便是南浔了。老镇在南边那厢，我们便径直到了老街。眼前还是那些参差错落的黑瓦房顶，这是水乡特有的标志性建筑。然当我走上洪济桥举目眺望远处的百间楼时，忽然感到了这里和诸多水乡大同中的不同。当然也是那些白粉墙、黑瓦片，也是溪边涟漪戏弄，流水悠悠卧听，但南浔的溪水、石阶、过街券门，以及雕花的木窗，别致的砖楼等，是需要慢慢去品赏的。顺蜿蜒河道而行，依河而筑的民居所呈现的建筑风格和结构，会给你以审美的感受。沿街的房舍为清一色乌瓦粉墙，底层均有披擔，檐下的廊柱不同于塘栖、西塘的那些廊棚，他是一种以一道道拱形的券洞门组成的骑墙式长街，显得轻巧而通透。房舍之间高耸的封火山墙重重叠叠，密密匝匝，高低错落有致，有的形似白云，有的状如三叠马头，他们相互间的构成，既有画意又有韵味。泛舟溪流，看一排排黑瓦重叠，一层层拱门延伸，那种徽派建筑同江南风格的融合，散发着浓郁的古韵，纯真的江南风情荡漾在运河上，并在古镇四处飘溢。

廊外 20x20cm 纸本油画

从沿河的货栈、店铺，到颖园、张石铭故居、嘉业堂藏书楼，以及小莲庄等，我们看到依附在建筑上的一种文化。颖园的古木参天，紫藤盘绕，张石铭故居的门楼砖雕，飞檐勾角，嘉业堂藏书楼上的御笔匾额，以及走道、门屏上的字样图案，工艺精湛，风格高雅，小莲庄的门楼、门额、门楣，和家庙牌坊、梁柱，高大幽深，还有百间楼的民居，无不透出凝重而又古朴，清新而又悠远的气息。我们还可以看到张石铭旧居中的另一些厅、堂、楼，以及刘家小莲庄的进庄门楼、东升阁等建筑，它们那里的罗马柱，彩色的瓷画、瓷板镶嵌，以及圆厅和窗栏、门栅等等，那些状如石库门式样的门楼，同塔式结合的西洋屋顶，扁形的排气烟囱，拱形的窗沿、窗台等，已经融入了西洋的建筑。跨过铺满青石板、碎砖片的小路，穿越富有东方韵味的亭台楼阁，走进罗马柱后面铺有彩色瓷地砖的圆厅，你能体会到西方文化的渗透，和中西文化的融合，我们也可以看到南浔巨商所接受的西方文化和维新精神。

流水依旧，风光再现。在那条新辟建的民俗风情街上，我看到重新复制的上个世纪三四十年代的老广告悬挂在山墙上，看到竹器编织工场里有个戴着老花眼镜的竹匠在编织竹篮，看到打农具的铁匠铺子，还有出售家用杂货的烟纸店。烟纸店里有竹壳热水瓶，有铅丝编扎的老鼠夹，有洋油、马灯，有哈德门、老刀牌、美丽牌香烟等等，拨动着我们的怀旧情结。不知从哪里传来一阵弹词开篇声，在这样的环境里，好像最适应播放这种音乐。琵琶的拨弦声悠然地飘散在这水道的晨雾之中，把我们带到了一个充满旧情的缫丝年代。看着挂在那里的一串串农具，我问铁匠铺里的打铁师傅：现在还有人要打农具？打铁师傅说很少很少，并说他早已不打铁了，他带的徒弟也不打铁了，到这里来是旅游公司请他的，最后他又加了一句，总有一天我的手艺要绝传……我知道这些竹铺、铁铺是作为旅游景点而设立的，随着工业和科学的发展，那些锄头铁已经很少有实用价值，但作为旅游，作为人们的怀旧，倒也不失为一道景观。

老祖宗留下的东西总是一件件被时代遗忘、淘汰，甚至破坏。那些被我们视为明清的古建筑又夹杂了有机玻璃和铝合金；那些青石条铺成的弹格路和沥青马路相通着，那丝业会馆遗址又同南浔泰安路上的服饰城遥遥相对；那"美丽牌"香烟广告上身着旗袍的美人，与霓虹灯下用电脑制作出来的酷男靓女迎风互动……旅游开发与保存遗产的矛盾，必将引起众人的关注。

放眼南浔老街，人们正在用老料做成新的雕花木格子窗，用桐油刷着复旧的排门板，用一串串红灯笼挂满屋檐、亭角……而在溪水的另一边，却是广告杂陈，垃圾满地，地摊挤满车道，小车横七竖八乱停，人们在车行的马路上如入无人之境……早先，南浔的巨商们为倡导新学而引进西方建筑，为弘扬文化而创办藏书楼，创立叔苹奖学金等，他们在编织着一个强国、兴国的梦，而今，他们的后人该又如何来圆他们的梦呢？

走访南浔，它给了我灵感，也给了我梦。

斜阳 60x80cm 布面油画

绿荫 25x25cm 纸本油画

推开春雨游凤凰

　　三月去湘西凤凰，正是春雨潺潺时光。在雨中，能感到一种南方温润之气，野外菜花开得正盛，到处一片黄灿。走过菜地，似有冷艳从旁掠出，柳技丝丝摇曳，麦苗郁葱，状如织毯，乡间韶光冉冉，绿意甚浓。

　　到凤凰的第二天，又下起了小雨，雨水伴着晨曦把我们唤醒。乘着雨色而行，感到人们所说的春寒。沿着沱江走去，眼前的城楼在雨中屹立，守望着四周的山山水，她像是在注视着过往迎来的人群，又仿佛在默默地告诉大家，凤凰的古城楼就应该有这样的雄姿。沱江的水清澈，两岸的青山倒映其中，把景色勾出一派秀丽，吊脚楼在雨色蒙蒙中，像是一幅水意浓浓的彩墨画，江中一时小舟驶来，艄公摇着船，推开春雨，水面泛起涟漪，顿觉四面清晓雾散。忽而老街边的江心禅寺晨钟响起，悠悠地穿过雨色，溪光山翠在钟声中更显幽静。这使我想起了宋代周邦彦"天寒山色有无中，野外一声钟起送孤蓬"的长短句。沱江也就是在这般景色中，拐了一个弯穿凤凰古城而过。

穿过城门往前，幽深的巷道一边，是一代文人、学者沈从文的故居。走进天井，细雨正飘洒在一侧注满藤蔓的书房，少年沈从文就在那间书房里读书、写字。书房中陈设简陋，那张书桌已经破旧，然却依稀能感觉到沈从文在踱步背诵和伏案习字的情形，耳边仿佛传来他那朗朗的读书声。天井的另一侧是一间厢房，里面陈列着沈从文先生的一些照片和文稿，其样简朴。墓碑是一块状如云菇的天然五色石，在雨中更显清新和朴实无华。大然石上刻有他姨妹张充和女士为其撰写的联句："不折不从，亦慈亦让，星斗其文，赤子其人。"坐在那块被雨水打湿了的石碑前，望着被风吹动了的山麓边的那排松树，我仿佛看见沈从文先生坐着小船飘在沱江上，又仿佛听见他在吟诵着"照我思索，能理解'我'，照我思索，可认识'人'"这两句座右铭，声音低沉而又有回响，久久地在雨中的江面上荡漾。

在听涛山上回望雨色蒙蒙的沱江，我想起了当代画家黄永玉也是湘西凤凰人，其经历和他的表叔沈从文相似，也是从这里沿沱江走出的。而今，他也经常回故乡走走、看看，并在沱江之畔改建了一幢名为"夺翠楼"的画室。它就像一个传统的龙头一样傲立江边。"夺翠楼"的设计是中国传统式的，弯弯上翘的屋檐和黑瓦雕梁，因为雨水的浸透，透出一种让人回味的玄青色。走在江边，我想着沈从文和黄永玉他们那种与生俱来的灵气，大概都同湘西这个边城的一方水土有关。那里绿翠的山，浮动的云，淅淅沥沥的雨，汩汩而流的水，都给我们生成一个个让人遐想的梦，梦也随着心迹洒在湘西凤凰那一片高远明净的长空。

我们离开凤凰时，天还在下雨，雨汇集成水涓涓地流淌，流淌到清澈的沱江，江面泛起涟漪，一圈消逝接上又是一圈，似乎在讲述着一个个古老的故事，延续着绵绵不断的文化。

踏着阳光游佛山

  也不知是我们同阳光有合，还是与佛有缘。在我们去普陀山参禅拜佛前，气象预报说天阴气寒，然当我们踏上芦潮港的"飞翔"号快艇时，太阳也出来了，可以说，我们是乘着阳光来到佛国的。

  一踏上佛山，但见四处绿树环绕，寺庙金顶闪闪，沿路游人络绎，满山香客盈门，身在此山备感禅意。我们在阳光的铺垫下，来到那尊新落成的观音大佛前朝拜。抬头仰望，阳光下的大佛金光闪闪，我分不清哪是太阳的光芒，哪是大佛的金光，我仿佛觉得阳光和大佛同在，冬日的阳光是那么温暖，阳光下的观音大佛是那般的慈祥。

  时辰已在申时，迎着从西面照射而来的阳光，低头看着自己长长的影子，光的颜色已有了微微的暖色。拾级而上，和着阳光行走，阳光照在二龟听法石上，两只海龟在温情的夕阳中听着佛经，那么生动，那么全神贯注。走着，看着，夕阳渐渐西沉。站在西天景的一块大大的已经披上晚霞的磐陀石上，可以望见莲花洋以及海面上星星点点的小岛。太阳偏西，泻下一片光芒，把海面和小岛照得虚虚蒙蒙的，只剩下像是闪亮的明珠在跳动，耀人的光斑让人感到阳光的魅力。太阳就是有这样执着的精神，每天从东面的海平线上跃起，又悄然从西而落，日复一日，年复一年，毫无怨言地把光明和温暖奉献给人们。太阳就是有这样无法抗拒的力量，如果没有太阳，那地球将是一片黑暗，如果没有太阳，那何来万物的茁壮成长。

  到心字石时天色将暗，太阳最后的光耀还依依不舍地慢慢地划过"心"字的几个点，把"心"字抚慰的平平的，我们也静下心来，在光滑的石头下，在平平的"心"字前一个接一个照相，同时留下一颗平静的心在佛国遨游。一个硕大的"心"字，实际上代表着信仰。信仰就是那样的神圣，人生无论遭到任何挫折和不幸，只要有了信仰就能支撑着活下去；信仰是那么地伟大，世界的

听松 25x25cm 纸本油画

不断前进，人间的一切创造，只要有了信仰就能无往而不胜。

　　下山了，太阳已经收去了耀眼的光芒，转向地球的另一半去了，唯有当空还留下它的余晖。环望四下，时有绿树丛中露出寺院角顶，静静的，暮色中只有风送来钟声和潮音，让你置身其间去陶醉，让你品出其中的禅意。

　　去年夏天我去西藏哲蚌寺看晒大佛，那天夜里还下着大雨，到早晨仍点点滴滴。但等到喇嘛们将大佛图卷自上而下展开时，天放晴了。太阳驱散了云层，把释迦牟尼佛像照得通红通红，把香草燃起的烟雾和幡旗照得五彩缤纷。这次到海天佛国普陀山，也听到同样的故事，当普陀山新落成的金身观音大佛开光时，原先也是阴阴的天，然一到开光，太阳却神奇地拨开阴云，露出了笑脸。究竟是佛的旨意，还是光的力量，世界上有许多事情很难解释。也许，佛是一种信仰，阳光是心中的希望，阳光和佛有着不解的缘份。

心中的歌——甘南随笔

甘南是个令人神往的地方。

一望无边的草原裹着无名野花，晃动着白云般的羊群；瓦蓝瓦蓝的天空映出洁白的雪山，绕萦着悠扬的歌声……这一切多么富有诗意，使人魂牵梦萦。踏上这块海拔三千多米的土地，目睹那古老的梵宇僧楼，苍茫的草原黑土，以及连绵的皑皑雪山。便会感到自然的广阔博大和混沌的原始魅力。

空旷的草原飘舞着深秋的初雪。昨降今融，留下簇簇残雪点缀在草原的土绿色中。骠悍的骑手扬鞭跃马放牧着牛羊；远处一群牦牛驮着拆散的藏包、食物，正在朝另一个草场迁移，像是一幅厚重的油画。笃信佛教的藏民热情纯朴，尽管语言不通，却仍比划着邀我们作客，吃糌粑，喝酥油茶，嚼炒青稞。那些鲁莽粗壮的汉子，从他们黝黑的脸膛，闪亮的眸子透出善良的表情和目光。难以忘怀的是一个民族的品格和淳厚的民俗风情。

纷纷扬扬的飞雪弥漫着神秘而又庄严的拉卜楞寺。为消灾免难，祈求今生和来世幸福的藏民，心发虔诚，口诉祈求，绕寺院全身俯伏，五体投地地朝拜。暗红色的拉卜楞寺，黑白相间的纹样和圆点富有装饰意味，装饰的门窗勾勒出远古的文明，那挂着的布幔写着富有韵味的藏文，画满宗教色彩的图腾符咒，组织构成近似抽象的绘画。寺庙周围的白塔布满五彩经幡。人们在敬奉神并借助宗教与大自然相沟通的同时，创造了特定的艺术形式，尽享审美的愉悦，不禁使人想起洪荒时代的原始艺术。

甘南是个令人难忘的地方。

秋意 25x28cm 纸本油画

沃野 20x25cm 纸本油画

甘孜八美拜活佛

都说藏族的康巴汉子英俊，丹巴姑娘甜美，甘孜八美在丹巴一带，八美的姑娘亦俊俏。然八美的景色大为优美，镇四边竖了许多白塔，经幡从白塔向四面拉下，一面面三角旗在风中猎猎飘起，塔下堆着石片，石片上写着祈福的藏文，白塔边还有不少转经筒，有藏民摇着转轮围白塔转圈，所有这些，构成了一幅幅充满民族风情的油画。

那年，我带学生在丹巴一带写生，路过八美，时正值饭点，我们在路边的饭店用餐。午餐毕，学生们三三两两外出，拍照，画速写。饭店服务员是藏族，正收拾碗筷，见我模样，靠近后神秘地说，"你是老师吧"，我点点头，"你可去后面寺庙看看，今天活佛在这里"，她接着说。

我说："远不远？"她告诉说，不远，就在饭店后面，拐弯就到，用不了五分钟。我看看表，十二点刚过一点，于是，我找班长通知大家，在八美画两小时速写。

得去会会活佛，我想。我背着相机，整理了一下速写本，往寺庙方向走去。寺庙的造型和颜色如大多喇嘛庙一般，其规模和气势远不如甘南拉卜楞寺，青海西宁的塔尔寺等，以致于我也没去记该寺庙的名字，至今也只记得"八美镇"边上的寺庙而已。进寺院见一空地，似为广场，右手一旁是一排小房子，左边为白墙，镶红、黄色和黑圆点的大殿，旁边还有讲经堂，稍稍转后有一幢房子，大概是喇嘛的住所，广场中时有喇嘛走动，寺庙虽小，但却充满圣地气息，使人进入便有肃然之意。

右边房子第一间门开着，里面坐了大约有五六个人，靠前坐的是一个三十多岁的高个子女子，长得端庄、清秀，很漂亮。和她搭话，知是来自东北某庙的"比丘尼"，带了徒弟，千里迢迢从东北来此拜见僧众爱戴的龙多丹增荣波活佛。他们来这里已经等了两天，包括还有许多求拜见的僧人、百姓。我说明来意，并告知停留只有两小时，不知能否如愿？她回答，那要看缘分了。广场中正好有一戴眼镜喇嘛走过，比丘尼说："他是管家，拜见之事要经他同意安排。"我马上出去找到管家，与他言明带学生路过，希望能有拜见机会……他朝我看了一眼说："等会儿，活佛在休息。"

我返回小屋，继续和东北来的比丘尼攀谈，忽然，东北比丘尼徒弟叫了起来："活佛午睡醒了。"我马上去找刚才见过的喇嘛管家，管家很客气，抬头看了一下三楼说："噢，活佛起床了。"然后，又招呼了两个中老年妇女，说你们一起去拜见活佛吧。管家知道我马上要离开八美，所以安排我第一个上楼。从二楼到三楼是一个很小的扶梯，只能容下一个人攀爬，我走在前面，两个妇女随后。待快到三楼时，我抬头，看见活佛正在剃头，活佛见我已上，一把抓住我往前一拖，我

顺势向上一磕，竟跪在了活佛面前。为活佛剃头的喇嘛正聚精会神地做着收尾工作，我向活佛献上早已准备好的哈达，并拿出捐款交给管家。活佛用手在我头顶摩了一下问："你有什么事吗"我回道："没事，带学生写生路过八美，闻活佛在此，特来拜见。"活佛回话："你很好呀。"随后，我站立在一旁，跟在后面一妇女，紧接差不多的拜见动作。只听活佛问道："近来碰到什么问题？"妇女答"最近腰不好，老是酸"。活佛说："湿气太重，注重保暖。"还有一妇女堵着容一人上下的楼梯，我无法离开，忽然想到挂在脖子上的相机，问活佛："我能和你照相吗？"活佛答曰："可以。"我随即把相机递给管家，请他为我们拍合影照。拍第一张糊了，接着又拍了一张，留下了我和龙多活佛的合影。

时间差不多快两点了，我去那间小房子与东北来的比丘尼道别。当他们听到我和活佛合影时，都激动万分，争先恐后看我的相机，露出无限的羡慕之情。并要求我把照片洗出来给他们收藏，我一一记下他们的地址，姓名。

我随后带领学生继续前行，在草原一藏民休闲处休息。那些管马匹的藏民看到我和龙多活佛的合影，都羡慕不已。

回沪后，我把相片洗出来给东北比丘尼等一一寄去，我和龙多活佛的合影也保存在我的相册之中。

走过羌塘、走过纳木措

藏族人把广袤的藏北草原称为羌塘，把在羌塘之中的"纳木错"叫做天湖，或者是圣湖。

我走过羌塘、走过纳木错时，正是绿草铺满起伏的山峦的时光，也正是雨后的天湖冉冉升起水气的时光。那小草、野花像地毯般密密匝匝地织向天际；那牦牛、绵羊在西下阳光的折射下，星星点点地且又是非常立体的像是苏绣一样地被织在那张盖满大地的绿色的地毯上。远远望去，瓦蓝的天空下，一个牧羊的少年伸出那只被太阳晒得油黑发亮的手，捏着一朵紫色的小花，放在嘴边来回地晃动并悠闲地躺在草地上，这番情景，令人想起美国画家魏斯的油画。稍稍定神并且仔细地看，才发现那星星点点的羊群在蠕动。然而那黑羊、白羊的每一次移动，又像是一只大棋盘上黑、白围棋那样富有疏密的棋形的变化，这不得不使我感到大自然那天然去雕饰的美学涵量。再看一看那一汪神圣到不可侵犯的碧蓝的天湖，一直遥遥到接着那片苍苍莽莽的冰峰雪岭。微风掠过湖面，一层推着一层的波纹晃动着深不测底的湖水，她那近处的粼粼的波光和远处的烟水迷蒙交织，又显得那么有灵气。无怪乎她会在水中呈现出村庄、房舍、树木、牛羊等，似仙境。她无愧于天湖的美称是因为她的色彩的多变，看湖面时而苍翠，时而蓝绿相间，时而又是如烟渚暗灰。这又不得不使我又一次感到大自然所能体现的无懈可击的最完美的境界。

我走过羌塘、走过纳木错时，正是阳光透过云朵，云层照在一座座相连的山峦的时候。且不叙述神山、圣湖正在继续的故事，只要稍微描述一下眼前的景色，你就会感受到神山的神奇和圣湖的美妙了。你看阳光下的云朵，云层像是在参加一个周末聚会，苍穹下她们正在缓缓地移动着优雅的舞步，飘动着衣裙，变幻着队形，这飘忽到那里的云朵遮住了太阳，把这无边的草原戏弄得乍暗乍明，使之那么富有变化而又那么富有层次。那草原中一滩滩积水折出太阳的光芒，像是一颗颗璀璨的明珠镶嵌其中。那聚集到这里的云层也遮住了太阳，把这连绵的山峦装点得依翠傍绿，使之显得那么神秘且更具魅力。那山坡上的一团一块的亮斑神奇地把山峰、山峦、山坡分割成蓝的、紫的、绿的、黄的、白的、灰的等各种色块，从而又像构成那样把它们组合为一幅有装饰意味的图画。云朵离开云层悄然到了天湖把自己姣好的面容和迷人的身段映在水中，蓝蓝的天上有白白的云，蓝蓝的水中亦有白白的云，置身于其间，也不知哪块是天，哪片是水。恍惚中，我明了虔诚的善男信女的那一步一长叩；恍惚中，我悟到精神与情感的寄托。

云天 10.2x22.5cm 纸本油画

山静江空闻法号

澄净的神山缭绕法号声声；空旷的草原悠扬歌声阵阵……这里没有乘着东风过湖船时领受杨柳丝丝拂面的情调；这里也没有寒光亭下眺望碧水上空的一片沙鸥。当你踏上海拔三千六百米的拉萨，并在这雪域高原转了一圈时，才发现久居城市的气场之局促和江南小桥流水过于小家碧玉。

在西藏看到最多的是蓝天、白云、雪巅；相连的山川和草原、河流、湖泊、成群的牛羊，还有大大小小的庙宇和那转经的以及步步叩礼的虔诚的善男信女。登攀雄伟壮穆的布达拉宫，漫游高低错落的色拉寺，翻越在半山腰中的哲蚌寺，庙宇上空时而飘出悠扬的诵经声和低沉的法号声，把人带进了一个纯静的世界，那些诵经声和法号声给人一种神奇的力量。

站在莽莽高原上，仿佛举手就能触模白云，在巍巍的雪山下，天地之间静得连清风轻拂都能感觉到，静得又仿佛耳边有雷震般的轰鸣。老子有句话叫做"大音希声"，原来，无声处亦如惊雷震荡。我曾在念青唐古拉山麓遥看草色绿向边际，极目山川层层相连，伴随着神山圣湖的澄静与空灵。这里离天是那么地近，我大口呼吸着空净的山川之气，清洗着肺腑中那从马路上、大楼间带来的尘埃，用高原之气息怡养流动的灵感。

我曾在山坡上看雅鲁藏布江激流如潮，轰轰然向东滚动。其声响盖过汽车的引擎声，其江面宽则流水缓而弱，其江面窄则流水急而声强。两岸山峦上时而有经幡飘动，五色的神幡与蓝天白云相映，像是在祈祷着信徒们美好的明天。那夜以继日奔流的江水，其水系如同母亲的脉络密布于高原大地。同时也孕育了藏族的文化和艺术。

我也曾在甘丹寺听过喇嘛在早祷经文，喇嘛们扬起清脆的嗓门，用高低抑扬的音调诵读着。这里有轻吟、高唱的咏叹；有快慢、顿挫的节奏变化。太阳光从天井的漏缝中射入，照亮了供台，照亮了画满图案的红色的柱子，也照亮了在认真念经的喇嘛。藏民在供台四围转经，烟雾在光束下缭绕，尽管我并不懂得他们念的什么经文，但我在一侧摊开两掌，微闭双眼，倾听绕梁不绝的梵音，只觉掌心发热，一般暖流通遍全身。此谓气息乎！灵感乎！不由使人感到藏传佛教的神圣和奇特。

又回到了城市，走进了画室。眼前尽管没有神山、圣水，也没有广袤的羌塘草原，更没有低沉悠扬的法号声响……然盘桓在心中的诵经声、轰鸣的水流声、草原上悠扬的歌声交织，荡气回肠；留存在脑海里的晶白的雪山、黄绿的草原、澄净的山峦、空灵的湖水，挥拂不尽。虽居闹市，但我想起了五柳先生的一句诗文——"心远地自偏"。

雪山 21x15cm 纸本油画

青云谱前，那一泓清水

三十年前，我去南昌的青云谱。因为仰慕八大山人，也因为他和青云谱道院有一定联系，其实，我并不知道八大山人与道院的关系，然他们告诉我，青云谱是八大的纪念馆。我想，那是一定要去膜拜的。

去青云谱那天下着雨，春雨淅淅沥沥，把树叶和路边的灌木洗得晶亮。春寒料峭，但却仍有盎然之意。青云谱在一条老公路边上，正在修筑，必须攀过泥泞和小石子搅拌的路基，很难走，真像八大山人坎坷的人生。

跨过泥路，眼前是一泓清水，池塘后黛瓦粉墙，有马头墙耸起，道院原是徽派建筑。风乍起，一池碎影，八大忽现水中，宁静纯洁，超凡脱俗。1644年甲申之变，国破家亡，从赫赫皇族沦为前朝遗民，逃乱亡命，削发为僧，还俗自筑陋室于洪州城郊，用一个"白眼向天"的艺术形象，塑造了一个满腔愤怒、反清复明的斗士。

还是要走进他的艺术。墙上挂着几张画，当然不是原作，印的也不好。不过从那几只游水而来的鸭子，可以看出形神兼备、言简意赅的笔墨。还有那两只鹌鹑，布局严谨，疏密得当，朝天的白眼直把繁华和失落，生命与梦幻描绘得意味十足……画不多，只是一会儿就鬼使神差走到了还正在整修的天井，花格窗外，三两枝萧疏的竹子，临风摇曳。我一直在想，人格、笔墨和意境之间的关系。以至于到今天为止，我都不知道那天是怎么回南昌城的。

时隔三十年又去南昌，得知八大山人纪念馆修葺扩建一新。再去瞻望那是一定的。曾日月之几何，青云谱还在，江山依然复识。惊讶的是，仅三十年，它的周围竟然盖起了那么多的亭台水榭，门楼广场，一派文物再现。好在一泓清水依旧，水波粼粼，收藏着逝去的岁月。

纪念馆今非昔比，然青云谱道院依稀往日的模样。旧址后面僻一颇具规模的"八大山人美术馆"，有迥廊将新旧连接，忽然让八大老人有了家的寻找。

显然，就这规划和布置设计，美术馆有了专业的规格和指导。尽管有许多作品都是高仿的，也看出了编排八大作品的匠心。作品来源于上海博物馆、北京故宫博物院、台北故宫博物院、辽宁的，南京的等等。把八大山人的作品系统地展现了出来，同时，也把他的一生坎坷告诉了大家。你看那只孤傲的翻白眼的鸟禽，倔强地站在一块顽石上，形象独特，十分传神，；动态异化，个性显突；神情自若，一片漠然。就笔墨而言，笔意于简中张显，墨浓而晶透，色淡而清雅；笔致勾勒凝重，浓淡交融尽水墨氤氲灵变。他笔下的荷花更具个人风格，几近变成了绘画的符号。画面上一枝或者几枝细长的菡萏，墨块敷成大片

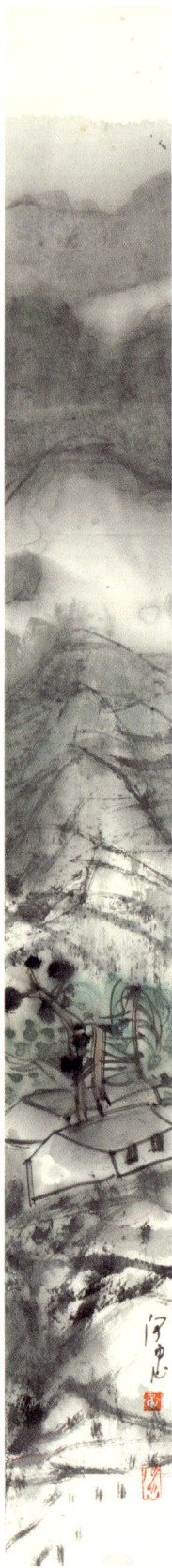

春 120x20cm 中国画

八大意趣 13.5x12cm 中国画

荷叶，或许还有一些石头，杂草点缀。这种线条，墨块和环境的搭配，使之清新的画面中透着一种傲气，一种孤倔，柔美的笔意中蕴含了力量。八大的山水干净、简洁、空灵，没有世俗的烟火气，表达了一种疏旷的宁静。在中国的传统文化中，山水与心境相连，更那堪，八大的残山剩水寄托了遗民愤、亡国恨。一划一点，娟秀婉约湿笔写就；奇峭峻厚，平淡无奇淡墨温润。

往水池绕过去就是八大纪念馆的旧址，看房子的成色，就知道已经修缮。然这等简陋让老人家安身，实有不公。室外一条小道通往八大山人的墓，时值清明的前七后八，正当祭扫时节，我跑到墓前，默默地鞠了三个躬。

返回时经过迴廊，桃花开得正盛，幽香飘溢。一群小朋友往展厅走来，一个个很有礼貌地叫我"爷爷"，蓦然回首，微风掠过，吹皱春水，我仿佛看到八大从池塘浮出，看着他的纪念馆、美术馆，看着那群走过的孩子。

去看看风景

风景，是一个大概念，拆开来看可以分出很多。"风"我以为是指风物、风情、风俗、风土等场面；"景"一般来说是眼睛看到的东西，比方说天、云、树、水、岩石等自然界的景，比方说一个绿树环绕的村庄，一个悬崖上站立的苍鹰，一个水气冉冉中驶过的乌篷船。

风景是见识，风景是阅历，风景也是一种修炼，俗话说见多识广，看的东西多了，你的眼界自然也就高了；风景是怡情的媒介，风景是感情抒发的借代，有成语"触景生情"、"情景交融"，都在说"景"和"情"的关系。

去看看风景。

风景从一开始就和情连在一起。当年柳宗元被贬永州写了永州八记，为时代，为历史留下了千古名篇。"钴鉧潭"、"小石潭"是一片普通的风景，然在柳柳州眼里，风景成了抒情、寄情，由这风景生成了别样的意义；东坡游于赤壁之下，走赤壁，望明月，借古诵今，借景抒怀，"惟江上之清风，与山间之明月，耳得之而为声，目遇之而成色，取之无禁，用之不竭"。景不入东坡之眼，情何以而生，我想，柳柳州，苏东坡是不会忘记去看风景的。风景带给了他们的想象，灵感和情感和发散的思维。

去看看风景。

人的一生都向往风景。春天悄然走近，人未动，心已远。踏青去吧，去看柳树绽出的一片嫩芽，绿遍田野；闻香识风光，桃花、杏花及百

远眺 9.5x23.5cm 纸本油画

花盛开，倒映碧云，把你醉倒在风景中。至春明景然，惠风和畅，直引三五知己相聚，依依情侣相伴。近上婺源看油菜花，叠叠层层嫩黄交汇，奏响冷艳的锣鼓；远访粤、桂，攀岩登高，念天地之悠悠，探海游江，泛摇小舟赏清月。夏天看荷花，风摇枝叶花颤，犹如天女下凡之境界，气格高雅入肺腑，久久不能挥去；等到秋色染天地，那是红色、黄色在聚会，深红、绛红、紫红……藤黄、鹅黄、浅黄……像一个个音符，强强弱弱地演奏了一阕自然的圆舞曲；冬则静穆，大地、万山如睡，似萧然而蕴万物之回响，如若有心，观冰凌挂树梢，看银妆以素裹，亦得悦目之景象。可别忘了身边的、远方的风景。

其实，人就生活在风景之中，是永远离不开风景的，我们每天都在自觉不自觉地看风景。你在桥上看风景，桥下看风景的人在看你，风景在你周围，风景会永远带给你感觉。

去看看风景。

水边农舍幽静养心，高山群松呼号励志，竹亭闻琴悠扬怡情，杨柳岸赏月抒怀……无论你为了什么，风景都会给你感觉，那怕你什么也不为，只是呆坐在风景之中。

秋 23.5x9.5cm 纸本油画

向往意大利
一个永远不灭的梦

我常常想起这几年到国外的感受，最先去的是日本，这个和我们一衣带水的岛国，让我感到他们的一种敬业精神，别的不说，就连一条立交马路的座墩，也会做得那么平整、光滑和精致。在东京、大阪、京都、横滨等地的街道上行走，还时时有汉文化的气息向你袭来。后来去了回归祖国的香港，在这个弹丸之地，你会在车水马龙的繁华中融入购物的天地。而到了欧洲，在那些古老的教堂的周围，那些名副其实的洋房边转悠，在那些我们称作"弹格路"的小巷中穿行。偶尔抬头还能看到方形的街灯，以及在路中央的一尊青铜雕塑，尽管叫不出他是谁，但在那呈现出粉绿色铜锈的塑像前，你会感到一种文化底蕴的存在。

我这里想说的是意大利，那里随处可以看到艺术，只要你留心的话，你可以慢慢地、细心地留意每一个并不引人注目的地方，哪怕是威尼斯水巷旁已经斑驳了的老房子的一个窗台，以及搁放在那里的一盆小花，或者是佛罗伦萨乔托钟楼广场上的几根小小的铁栏杆，都充满了艺术。

先来看威尼斯。建筑在一百二十五个小岛上的威尼斯城，它由四百座桥梁与陆地相连，它是世界上独一无二的城市。这不仅仅只在建筑上，而是那无与伦比的十五个世纪的光荣历史使它产生前所未有的吸引力。威尼斯当年的强大和它所具有的政治与商业能力远扩充到地中海以外，一直到亚洲，以后又慢慢地衰败下去。我们暂且不论这一千多年来的盛衰，单单看在威尼斯留下的艺术，就足以使我们赏心、流连。我们可以看到文艺复兴的韵律、协调与合理性出现在威尼斯许多新的辉煌建筑物上，在这些建筑内部和周围的艺术品，以及大画家蒂齐亚诺、丁托雷托、乔尔乔内的原作，威尼斯让你有不尽的人文景观。然那水道弯弯，流水悠悠，那"贡朵拉"划破水波，那老屋墙面斑驳，以及蔚蓝的海水和闪烁的阳光，一定又会在你心中留下抹不去的记忆。

上个世纪三十年代的诗人徐志摩把意大利的"佛罗伦萨"译成"翡冷翠"，让人一看译名便充满了诗意。然我却不太喜欢，横想竖看"佛罗伦萨"更像我站在高地望下的这个城市，而且更像那里的拜占庭式的教堂，像那条叫做阿尔诺的河流，和架在上面的那座二战中没被炸毁的老桥，像乌菲奇美术馆，更像是"大卫"站在米开朗基罗广场上远眺。我觉得佛罗伦萨是意大利最为动人的城市，在佛罗伦萨你不必坐车，迈开双脚在街上徜徉是最好的方式。踩着地气，走过书摊，可以亲近那些还散发出油墨香味的画册，翻开挺括的精装封面，从中会走出好几个高举文艺复兴旗帜的巨匠。我仿佛看到米开朗基罗拿着雕凿大理石的钢杵，肩上搭着那件像是"大卫"身上的短袄；看到拉菲尔和圣母玛丽亚在一起，那圣母没有王后宝冠，没有灵光，没有宗教模式，扬出的是一种无比典雅优美的旋律，让人感到亲切和艺术的感染；仿佛又看到达芬奇的创造和智慧闪出的光芒，看到他的"最后的晚餐"和"蒙娜丽莎"给世人留下的不朽的价值……画册中记述着佛罗伦萨讲不完的动人故事。

佛罗伦萨的西南便是闻名遐迩的比萨，而那里的斜塔更是世人皆知，在斜塔边上，每天都有成千的观众来瞻望。斜塔的顶端有两根钢索拉着，据说全世界的许多专家来这里"会诊"，控制它的倾斜，我相信，斜塔与世界共存。首都罗马应该是一个全世界都不会忘记的地方，它铸造了意大利辉煌的历史。在那些坐落在草丛中的古代遗迹之间走走，在残存的罗马柱和斗兽场的废墟边逛逛，会有许多念天地之悠悠的感怀。我还是喜欢在罗马的郊外兜圈子，大片的不知是绿色的庄稼还是草坪，还有古堡，包括那些农舍，走在边上，像是进入了一个童话世界。

　　文化艺术与历史给了意大利永远不灭的吸引力。向往文化，向往艺术，向往意大利，也是全世界人的一个不灭的梦想。

威尼斯 22x18.5cm 纸本油画

在东京看马蒂斯

东京的初冬并不寒冷，国立西洋美术馆前面的上野公园的枫树还是红红的，像是酒醉了一般。地铁上野站的出口处有显眼的广告，我不懂日语，但上面的图形我认识，它告诉我，那是马蒂斯的画展在这里展出。

匆匆出站的人群好像都在朝着美术馆跑去，有点微风，广告旗帜随风飘动，也把马蒂斯画展的信息随着风传到了各地。那年专程去法国看马蒂斯，然只是看到零零星星的几张。没想到这次来东京第一天就能遇上马蒂斯的专展，懂日语的康琴小姐告诉我，这是从世界上好多美术馆中借来集中展出的，这真是有心栽花花不发，无意插柳柳成荫。

门厅中人头攒动，但却没有响声，人们安静地秩序井然地朝着入口处跑去。我随着人群走进展厅，队伍忽然变得缓慢，朝前望去，只见挂在墙上的马蒂斯的作品和边上一片黑压压的人群。我不由得想，东京看画展的人真多啊！记得去年在英国爱丁堡国家美术馆看一个莫奈的专展，看的人也相当地多。看展览的好多都是满头白发的老人，好像女的比例比较高，还有不少年轻人，仔细一看，还有高鼻子、蓝眼睛的欧美人。我们在里面真也很难一下子分出是日本人还是中国人。

两个层面的展厅集中了近百幅马蒂斯的油画、速写、雕塑、版画、剪纸等，洋洋大观。展品中有的很大，几乎可以充满整个墙面，有的却很小，只不过巴掌大而已，但不管作品大小，都表现出了马蒂斯的机敏和涵涵大

气。如果说一开始马蒂斯接受的是正规的西方绘画训练的话，那么，当他把画面中的物体趋于平面化，并运用线条来表现自己的心灵时，其作品已经非常地东方化了。东方的中国的绘画讲的是意、境，不求形似，但求精神、气俱存，马蒂斯以其极高的悟性领会东方的审美和神韵，他驾轻就熟地运用着线、面的组合，使其作品既具有绘画性，而又有强烈的装饰感。二十世纪初有一批西洋画家受到日本的浮士绘和其他的一些东方的文化影响，大家都不约而同地运用线在画面中表现造型，营造气韵、节奏，比如德朗、弗拉芒克、毕加索、鲁奥、马尔凯等等。他们还有一个共同的特点，那便是写意。在用线和写意中，马蒂斯无疑是那个时代最好的之一。就算是在一百年后的今天，我们看到他的作品时，那些在点、线和色块之间所产生的灵性，还继续激动着我们。马蒂斯喜欢用红、黑、白、黄等颜色，而且用很单纯的笔触爽快地涂抹，颜色很薄，能看见用笔的痕迹，有的甚至还没有画完，但气、韵、色、意、情、趣皆备，站在他们画前仔细揣摩，真让人叹为观止。

马蒂斯的速写是我最为喜欢的，他的线条简而又简。他笔下所勾勒的人物已经到了增之一根线条为太多，少之一根则不行的出神入化的境地。可以看出，他在画速写时是不管三七二十一，随性情勾去的，什么比例、轮廓，在他的思维中仿佛不复存在，只留下情感、呼吸、韵律在纸上行走。真心流露，性情所至，线条大抵如行云流水，当行则行，

当止则止。这样的作品，就是让马蒂斯本人再重新复制一张，也是不可能的。马蒂斯还有剪纸、雕塑，其语言其实和油画、速写是一脉相承的。用蓝色的纸剪个人体，手脚的比例、长短不复准确，但其一甩手，一拐脚却都能非常到位地把握着整体的画面。雕塑也是这样，马蒂斯塑的是人体，但让人感到他只是"劈劈""拍拍"地将泥贴将上来，利索地把泥一块一块刮了下来，天真率直，毫无矫揉造作。此时晌午已过，寻思着出来解决肚子问题，我看旁边有两人手上拿着画册和挂在墙上的画在对照，相互间有轻轻的私语，说的是日语我不懂，但看神情，他们读懂了马蒂斯，要不，怎会那么虔诚，那么全神贯注。那天从札幌看望女儿后返回东京，在那里我还有半天的时间可以停留，最后还是去了上野公园的国立西洋美术馆，又看了一次马蒂斯画展，我知道不懂日语也没关系，因为看马蒂斯的画用不着翻译的。

倚 45x45cm 布面油画

回首俄罗斯油画

在我们开始学画的上世纪六十年代，画坛流行的都是"苏派"油画，也就是俄罗斯的油画。我们这一代人已经习惯把俄罗斯叫做苏联了，尽管苏联已经解体了十多年之久。

想想我们小时候，耳濡目染的都是苏联"老大哥"的东西。看苏联电影：《乡村女教师》、《夏伯阳》、《白夜》，乃至"文革"时期的《列宁在十月》、《列宁在一九一八》等；唱苏联歌曲：《莫斯科郊外的晚上》、《三套车》、《喀秋莎》等；读苏联小说：《钢铁是怎样炼成的》，背普希金的诗歌，诵高尔基的散文；学习保尔·柯察金和女英雄卓娅。那时画油画的都能随口说出一连串俄罗斯画家的名字，从列宾、苏里柯夫、谢洛夫、希施金、列维坦、莫伊辛科、特卡乔夫兄弟、马克西莫夫到梅尔尼科夫等等。五十年代，整个美术教育也都是苏联的一套，我们有一些老辈的画家（现在已经七十岁上下了），那时都去了列宁格勒（现在的圣·彼得堡）学习油画。后来，苏联的油画家马克西莫夫又到中国来举办"油训班"，造就了一批受苏联画风影响很大的油画家。我在学画时看到的、接触的也全都是苏联的油画。以后，我去戏剧学院读书，教我们的老师也是留学苏联的。当年在学校的图书馆里，我接触到了希施金、列维坦、尼斯基等人的作品，也看到了马克西莫夫在中国的一些风景写生，那种用笔、那种色彩影响了我，并在我的记忆里打上了深深的烙印。

去年，俄罗斯有好几个画展在上海展出，我去看了，于我们这一代画画的来说，回首俄罗斯的油画，是非常亲切的。这些展出的作品中，除了那些我们都熟悉的诸如苏里柯夫、列维坦、希施金、列宾等人的作品外，还有许多同我们年龄相仿，以及六十年代以后出生的青年画家的作品，勾起了我们久违的思念。

俄罗斯的油画有着强烈的民族风格，特别是描绘山川自然的风景画。《乌克兰的傍晚》、《白桦树》、《墓地上空》、《三月》等等是一些精典的风景画，具有典型的俄罗斯新画法。看那些油画，总能感到一些静谧之气，画中的色彩是调和的，是我们通常说的"灰调子"，还有一些装饰感。他描绘的阳光是一种淡淡的辐射，这也是它的典雅所在，它也表现夕阳，紫红的苍茫犹如一杯浓烈的咖啡。俄罗斯的油画有文学性，有的像一首抒情的诗，有的又好像在讲述一则委婉而有情节的故事，如列维坦的《深潭》，看似一幅普通的风景，然却蕴藏着一个山村姑娘的坚贞爱情。

去过俄罗斯的同行回来说，俄罗斯的建筑、房舍、树林、山川等无论在何种光线下，只要如实描绘，就是一幅极佳的具有"苏派"风格的油画。那些"巡回画派"大师的后人耐于寂寞，怀着一颗平常心，依旧固守着"俄罗斯的画法"，他们的画作都是些继承传统的作品。出生于六十年代的格拉西莫夫，与他的前辈画家有同样的姓氏，然他的作品比之前辈却更为"老气横秋"，他好像更擅长风景，《雾林》和《落日》有一种古典气息。他的画风细腻，使人想起风景大家希施金。画面上静静的流水映着晚霞，斜卧的山坡罩着薄雾，又似乎比希施金更富有诗化的意境，柴尼柯夫是俄罗斯最年轻的美术科学院院士，他所创作的风景、静物和人物，自有他的独特风格，也看得出他所继承的俄罗斯传统。

俄罗斯的油画也在西方艺术发展的流程之中。我曾去过意大利，在那里看到了一些文艺复兴后十七世纪的描写战争场面和生活题材的油画。战争的场面很大，似乎也有好些情节，也是那般灰调子，阳光也是淡淡的……经过考察，我知道当时俄罗斯曾派了不少人去过意大利学习油画，却原来，俄罗斯的油画源于意大利。

在当今世界艺术呈多元的时代，艺术的形式、风格还有观念等发展之迅猛，常常使我们这些画了几十年画的人站住观望。而三思之后，我的眼帘前出现的还是哪些使我钟爱的莫兰迪、勃拉克、马蒂斯、波纳尔等人的作品，在此同时，我也会回首观望俄罗斯的油画，它令我想起小时候学画的情景，想起我同样钟爱的俄罗斯的画家。

尖塔 25x25cm 纸本油画

毕加索的陶艺

在这个世界上，毕加索可以说是一个家喻户晓的人物。除了他的油画、素描、线条等称道于世以外，还有就是他所创作的陶艺，在他的艺术生涯中又添上了一道亮丽的色彩。

我在欧洲考察时，有一次去意大利北部的小城费拉拉（FERRARA），那儿正巧有一个"毕加索陶艺展"在展出，这个陶艺展就在那条叫做皮奥波涅(VIA, PIOPPONI) 大街上的国立美术馆里。展馆的门厅不大，外墙由半边三角的石块砌成，很有规则，像是钻石精加工以后的一个侧面，这些石块是大理石的，很有重量感。进门后觉得很宽敞，毕加索的作品就陈列在里面。

毕加索所作的陶器一如他的油画，富有机智。从头像到女人体，从牛、羊到和平鸽，从陶板、陶盆到陶瓶，泥巴在他手上似乎一下子就有了灵敏的感觉。任何艺术都是讲感觉的，毕加索对于感觉有这样一段话："艺术家是感觉的宝库，感觉从天上、从地下、从一片纸、从路上行人、从蜘蛛网、从任何地方而来，对于物象而言，绝无阶级差别，我们必须照自己想做的工作到处去寻找，不可把自己关在工作中，只模写自己。"听完这番话，再看他的作品，我们就会觉得感觉在他的陶艺作品之间游动，并感到他的想像力不但从生活中吸取，生活本身就是汲取不尽的源泉，而且还溯及遥远的时代，非洲的原始艺术，中国的秦汉文化，那令人莫测的神秘和活力，都成了他一生善变的因素。

他的陶艺还有一部分以女人为本，他把陶坯做成一个女人形状体，造型取之于古希腊陶瓶，并以此进行变化。那两只提柄变作女人的两只手叉着腰，瓶身画上一些色块、线条，其形活泼新颖，其状诙谐幽默。他把那只颇有古风的陶罐稍加变化，其上段是略向倾斜的罐身，他用陶釉在器皿上围上一只胸罩，构成了一个女人的身体，而靠下那只圆圆的盛器，被画上一条三角裤后就成了一件女人身躯的陶艺作品，一下子把陶器的本义给异化了。毕加索在陶板、陶盆上作画雕刻，像他画油画和雕塑那样。他在盆中塑上一条立体的鱼，再配上一把刀刃，一团泥巴又成了食品，看似平凡却能品出趣味；他在板上画上一组静物和人体，其颜色强烈，线条遒劲，像是一幅立体派的油画，犹如《亚维农少女》的风格再现。陶板、陶盆画法虽然如同油画，然陶釉毕竟同油画颜料不同，其中质地的变化和火的合成，以及釉色熔化以后的妙处，令油画无法比拟。

在毕加索的陶艺作品中，我们看到他丰富的想象力。就看着这一片泥巴，这儿一粘，那里一贴，粘和贴这么一组合，便成了一个袅袅婷婷的少女，雄壮有力的斗牛，温顺依人的羊羔和充满人情的鸽子。他那即兴的制作方法，偶发的想象、构成，注入了泥巴的新气息。毕加索从平凡的素材中发掘了别人所想象不到的。他在陶器上所作的图案中的点划，有线条，有韵味，其中表现出来的效果显然受到中国写意的影响。在毕加索的陶盆中，有只盘子画着围着圆心的三条鱼，这三条鱼在画面中的排列犹如敦煌壁画中三只兔子的井藻图案一般，可谓深得东方之神韵。

毕加索使陶器远离了它所原有的本义，而赋予其强烈的视觉效果和独立的审美意义。看他的陶艺，似漫不经心，似信手拈来，似天马行空，似荒诞幽默，似任意挥洒，似优雅恬静，在体会到这些感觉之后，我们能不感到思路被打开后的一种享受吗？

立体构成 60x80cm 布面油画

他家藏有青花瓷

　　乔治·莫兰迪 (GIORGIO MORANDI 1890-1964)，一个天才的意大利画家。在意大利，大家都知道这个名字，就好像在我国，大家都知道画家齐白石一样。他们所选择写意的绘画方式也颇为接近，尽管一个用油画颜料，一个用的是中国的水墨。

　　莫兰迪一生似乎只画那几只搁在家中的瓶瓶罐罐，简约而单纯，颜色几近平涂但留有笔触，笔触之间微妙的灰色变化，使之产生一种神秘的感觉。其造型平实，极少张扬，然瓶罐的高低随意安放，却让人品出诗一般的韵味和长短句般的节奏。那一幅幅并不很大的图画，汩汩流出东方的情愫，诉述不尽心中的禅意。

　　有位中国的评论家称莫兰迪为外国的八大。说来也像，莫兰迪简约平实，八大言简意赅；莫兰迪纯真，八大率情；莫兰迪于平凡中见静谧，八大于平凡中见清幽。然两人亦有不同之处，从时间来看，八大早于莫兰迪大约有两个多世纪，所处的时代不同，表现的心情亦不尽相同。故八大那明亡的悲愤满腔和遗民的家国之痛的感觉，以及"哭之笑之"的佯狂，在莫兰迪身上是没有的；而莫兰迪的那颇具悠闲心态的色彩境地，在精于中国笔墨功夫的八大的画中，也不曾见过。也许，这正是一种中西文化的差异。

　　莫兰迪出生于意大利的博洛尼亚，一生平静的生活和他创作的画很协调。见过莫兰迪的画，又到过博洛尼亚的人，都会觉得博洛尼亚这座城市建筑的色彩很像是莫兰迪油画的色调，灰而亮，纯而稳。在意大利的艺术史上，莫兰迪的学术地位是很高的，真不知是先有了博洛尼亚建筑外墙色彩后，再产生莫兰迪色调，还是有了莫兰迪的油画色调，再演化成那些建筑色彩的。

　　在博洛尼亚中心广场边的市政厅三楼有莫兰迪的美术馆。那里集中展出了画家留在博洛尼亚的大多数作品，有油画、铜版画、水彩画。展厅是个老建筑，天花板是原本一方块一方块隔成，墙上还残存着反映宗教故事的壁画。莫兰迪的画就挂在这面墙上，灰灰的墙和灰灰的油画交融，整个展厅色彩协调，气氛和谐，在古老的建筑中，挂颇有现代感的画，并让它们协调起来，可见展馆设计者的匠心。

　　莫兰迪最早的绘画受到塞尚的影响，开始尝试画一些勃拉克立体主义的静物和莫迪里阿尼风格中某些细长人物的习作。在这些早期作品中，他的个人风格已经很明确了。后来，他又受到德·基里柯绘画的影响，很快地发展了自己的风格，确立了自己的绘画语言。

　　在展厅一隅，玻璃罩里摆放着莫兰迪所画过的静物实物。蓝色的壶，是放调味品的，以及老式的油灯为一组；玻璃器皿、瓷杯，带有青釉和陶碗又是一组。全是高高低低的静物，静静的，似乎能感到跨世纪的呼吸。画展中还有画家的画室原样陈列，两只简单的画架，一个工作台，台上全是颜料，调色板上挤有画剩的颜料，已经干透了，由此可以看到画家在生命的最后一刻还在工作。在一大堆收藏的瓶罐中有中国的青花瓷，他之所以能在画中透出东方的韵味就不会奇怪了。那窄窄的床，礼帽和沾满颜色的工作衣挂在衣帽架上，墙上挂了一幅自己的小画，如同他的创作那么简约。

　　莫兰迪的铜版画和油画同出一辙，亦简约、冲和、平淡，但精细，所作的水彩有中国水墨的韵味，像是信手拈来的小稿，然亦成作品。莫兰迪也画风景，他常常坐在画室画窗外的景色，或者是博洛尼亚的郊外，那房舍、路、坡、笨拙的树，和博洛尼亚的阳光，画得薄薄的、浅浅的，很透明。在立体派和印象派之间，他以形和色的巧妙处理和妥协，体现了悠闲的心境。

　　莫兰迪怀着对艺术真率和虔诚的感情，像是诗人，流露出心中的禅意，并赋予普通事物的一种单纯、永恒的美感，这种追求贯穿他的一生。

蓝色组合 60x60cm 布面油画

梦 在行走之间

人总有梦，桃花潭、伊甸园，金榜列队，南柯黄粱，铸成一片美好境地。我很少有梦，即便有，第二天也很难复述，不成连贯。然依稀总有仿佛见过的场面，有人在河畔画画，忽然又到了海边……

或许早已把梦遗忘，或许梦在现实的山水中，或许我梦见过莫奈、毕沙罗、蒙克、马蒂斯，他们现在正在风中，梦如果不入现实，那只是幻。去自然中走走吧。也许还能遇上梦。如同以往一般，我们去了法国，从巴黎出发，沿塞纳河向北，去寻梦，寻印象派大师的足迹。

我多次来法国，前几年去南部阿维尼翁，正巧遇到戏剧节，老街上来来回回的男男女女，颜值都很高，怕都是演员。那种陌生的地方，所见的也都是高鼻子蓝眼睛，可能连梦里都很难碰到。老街的十字路口边贴着许多戏剧广告，其设计颇有修养，品味，不用亲临剧场看演出，就可知道，那一定是高水平的。去阿尔勒更不用说了，那里好象都是凡高的天下。我在梦中似乎出现过吊桥、咖啡馆，不过已入云端。而当我端坐在拐弯口的咖啡馆时，沿石阶走到吊桥边河埠，摹仿浣纱女洗涤时，我发现，梦，在行走之间。

这次，我们没有往南，没去普鲁旺斯拜见薰衣草。而是向北，沿着塞纳河朝北探源，一直跟着它汇入英吉利海峡。我已遗忘梦里见过的莫奈、毕沙罗，可我切切实实见到了毕沙罗在蓬图瓦兹画下的村庄；看到了凡高在瓦兹河畔欧维尔写生的教堂，那块在风中摇曳的麦田，以及我们走过田埂惊起四处飞起的乌鸦，还有凡高和他兄弟长眠于此的墓地。我仿佛感觉凡高在麦地里跳跃，正用着激情四射的色彩、线条旋转天地。其梦耶，其行走中耶？

我们还往西，去沙特尔看那纳入联合国世界文化遗产的有两个尖顶的大教堂。晨曦落在顶上泛起的红光，随太阳升起扩大着范围，像是上帝在梦中的引导。那条与塞纳河汇集的卢瓦尔河，和那宽广的平川，以及那留下路易皇帝的子孙们狩猎足迹的河谷，还有后宫皇妃、贵族大臣度假、避暑的山庄，城堡，就更像梦里的伊甸园了。走走停停，每至一地都恍惚都在梦中，实际上我们在踏踏实实行走。

至于波尔多，法国红酒的故乡。在其城市繁华地段兜了一圈，现实得很，逛街的、街头遮阳伞下喝咖啡的、涂满银粉的扮作雕塑像的、

街 24x24cm 纸本油画

旅行者经过这个城市的等等，构成了城市的要素。人生是讲缘的，没想到撞遇了欧洲杯足锦赛。波尔多设赛场，我们行走波城之时，正是球赛踢酣之际，街上慕名聚集四处拥入的球迷。于是，身着鲜亮的奇装异服者有之，脸抹油彩剃怪头者有之，手持旗帜街道奔跑者有之，列队呼口号吆喝者有之，无端挑逗寻事者有之。一下子又为这个城市增添了活力，同时，又把我们投入梦境。在波尔多一家中国餐馆遇见我国的大导演冯小刚，彼此没有相约，没有提前有什么交往，然而就这样碰上了。相互之间还有一段谈话，你说像不像梦。而到了波尔多边上的酒庄，往地窖里这么一走，昏暗的灯光下忽有一道玻璃杯相碰的，清脆的，悠远的响声，那就更像是梦了。

走过路过的拉罗谢尔，是一次邂逅。那座有着悠久历史的小城在大西洋畔，锁住海湾的那两座像是碉楼般的堡垒，有着长长的铁链，还有铁门之类的物件可以看到，这些足以证明当年在此地发生过抵御入侵的战争，也能以此来数数他们的年份。说是偶遇，说是邂逅，应该说都是缘份。缘份是梦吗？旅行中的偶遇、邂逅好像又都是冥冥之中的事，譬如，某天忽然一梦，来无影，去无踪，若按弗洛伊德梦析，那该是另一番境地了。或许，拉罗谢尔小城曾在一梦之中，忽地无踪的。而今相遇，如若解析，梦境是注定要重现的。如果拉罗谢尔也是梦，那么，她也融合在我们的行走之中。

坎佩尔的石头阵，从一开始就是梦。那些无端而来的飞来石，巨大的，几十吨的吊车拉不住，它们从哪里来的呢？用什么交通运输工具呢？是神话，是传奇，我们先把它们定为梦吧。而当你走到那些石头边上，忽然又来了遐想，实地的感觉又会有更多的想象。一直往东走就到了海边，海倒是平静，浪不过一条白线，相距一阵阵向前推进。海面呈灰蓝，不是蔚蓝的那种，据说海面颜色是阳光折射原理，这看似平静的海面其实暗流涌动，恐怕这是海呈灰蓝的原因。这个暗流涌动的海是灰蓝的地方，是大西洋和英吉利海峡的交汇处，在地图上叫做拉兹角。

拉兹角是我们必须逗留的地方。像是风把我们送到这里，风把灯塔上的方向标转动，把云飘到空中的，一朵一朵像花一样开满了天。和天上花朵呼应的是地上的那片荆棘，也开遍了红的、黄的、白的、紫色的花朵。五彩缤纷，煞是好看，天然去雕饰，自然就是美。当然，梦也是自然而然就做的，任何设计好了让你做什么梦，什么梦？都是不可能的。圣米歇尔山修道院从教士梦领上帝的旨意开始，到筹款在一个小岛上建造，一步一个神灵，最后，吊上一个金光闪烁的尖顶。以至于英法战争困守修道院的战士，神奇般的以一个小岛，一个修道院，守住了整个英吉利海峡。所有的这些加在一起，构成了一个梦，能够冠于米歇尔山前一个"圣"字的梦。在圣米歇尔山城堡，在去修道院的路上，在这个范围内任何一个地方呆坐，都会生成梦，并且是能够实现的梦。

行走的速度必然赶不上梦，然追梦速度能慢吗。勒阿弗尔、埃特勒塔这两个沿海峡而筑的城市，亦少不了我们去追寻。勒阿弗尔，塞纳河的入海口，那座港口城市让莫奈留下了一幅划时代的作品《日出 - 印象》。也就是那幅作品，在西方绘画史上写就了一个画派——"印象派"，同时也把这座城市印在了艺术史上。埃特勒塔严格意义上是一个小镇，小镇并不起眼，海边一片卵石很大的沙滩，两旁有伸向海里的山崖，中有空洞，状如象鼻，故曰象鼻山。我国桂林也有类似的地貌，像大象伸出鼻子在漓江之中，也是叫象鼻山。同样也是画家库尔贝、莫奈在海边画山崖，画象鼻山，使之小镇留在不朽的艺术中。如今，络绎不绝的从全世界来这里的人，多半是来追逐印象绘画梦的。我们趟过这两座城、镇，追啊，追啊，也把梦从空中落地，落在我们的行走之中。

梦还在生成，落在了鲁昂，落在了莫奈笔下的大教堂上。朝夕阴晴，云雾蔚霞，都虚虚蒙蒙承载在教堂的顶上、门窗上和花岗岩石块上，莫奈以教堂为本，画了二十几张油画。那是莫奈一个、二个以至 N 个梦，我们追到大教堂下，凝望青铜的尖顶，我仿佛看到了莫奈那无法计数的梦。沿着他的梦，让梦降在他的花园里，降到栽满了睡莲的池塘。莫奈离我们远去，他葬在离花园不远的地方，守望着他的梦。

又回到了巴黎，回到了塞纳河梦起的地方。卢浮宫、奥赛这两座艺术宫殿装满了梦，写尽了行走之间追梦，寻梦的篇章。站在贝聿铭设计的状如金字塔般的三角玻璃顶边，我感到梦还在继续，那么，行走也必须进行。

梦，在行走之间。

涟漪 20.4x20.4cm 纸本油画

游 观

外滩后街

从百老汇，现在叫上海大厦开始，跨过外白渡桥，往南这一溜过去，外国人造了许多形式不同，造型各异的建筑。这些延伸了二三公里的房子，留存到现在已逾百年，我们把他们总称为"外滩"。如今，它名扬远东，乃至全世界，也是上海的一个标志，一个脸面。其实，真正的上海，上海人的生活，都是在外滩后面的街。

外滩后街包括了四川中路、宁波路、滇池路、圆明园路，江西路等等……外滩后街是我杜撰的一个名字，更确切地应该说是外滩后面的那些街道。我发现这里的街道有一个特点，那就是构筑建造这些房子的建筑材料，诸如水泥、混凝土、花岗石、砌砖等等大致相同，很少见到用木头、砖瓦搭建的棚户房子。也就是说这里的房子大多数都是外国人造的，式样也是洋派的，但我感觉这些建筑都散发出了一种东方的韵味，或者说是一种东西融合的味道，很难用语言描绘。或许，那些建筑造在黄浦江畔，沾了东方的水土，以及熙攘来往的，从全国各地拥来的人群和洋行高管、职员，给予染上的东方的气息。世界上任何东西都是有灵性的，山川草木，鸟禽走兽，甚至戈壁荒漠一片碎石，都具有生命和灵性。建筑是有生命的，它与人相融，息息相关，处处可见灵性所在，甚至于在窗户的一个小小的插销上。后街还有一个特点是，这些街与街之间的距离比较近。从这条街到那条街，跑步一支烟的功

有轨电车·1930 外滩 2014 年 70×100cm 布面油画

夫就可以来回，这样一来，生活就离我们很近，鸡犬之声相闻，街衢气息相通。

走在外滩后街，无论哪一条，都漾溢在生活之中。街上走的人，在狭窄的人行道上，摩肩擦踵。匆匆者，银行职员、金融机构、贸业公司上班人也；悠悠者，世界、全国各地来此观景赏听钟声人也。街上行的车，绿色的货车、黄色的校车、白色的钱币押运车，以及红的黑的轿车，川流于不宽的街，像是色彩在时快时慢的游行。街窄或有拥堵，一时不得疏通，又像是颜色聚会，在阳光下闪烁，倒成一派街市风光。街头商店栉比，大都为一二开门面的，稍大一点的也有，所营范围和生活密切相关，卖冰淇淋的冷饮店，卖珍珠奶茶的饮品店，卖牛肉拉面、生煎锅贴、鸡鸭血汤的大众点心店……饭点时分格外热闹。与中山东一路边上的有夕饮、酒吧服务的"外滩三号"、"外滩五号"，以及那些著名大楼屋顶上的，撑着一把把遮阳布伞的咖啡馆相比，亦无法形容，用此乃两个世界相喻，也不为过。我想，或许城市就是这样组成的。超前消费的和日常生活的相对、相容，这是城市的结构；建筑的雍容典雅、华丽，和后街的鳞次栉比、有序生活，这是城市的节奏。我以为，百年交响的不仅仅是建筑的设计、形式所撞击的声音，它也是建筑变迁与生活变化而演绎的音符。

五十年前，为了自制牛筋面乒乓板，父亲给了我八毛钱去外滩后街的中央商场买乒乓板的牛筋贴面（那年月时兴乒乓，在弄堂里用门板搭起打乒乓，那时的世界冠军就是在门板上打出来的）。中央商场很大，一个个摊位相挨，有点像现在的菜市场，不过比它大，经营的品种分门类别排列，很有次序，像是

现在的超市一般。我在商场兜了一圈，找了老半天才发现卖贴面的地方。因为此货热门，摊位前人头攒动，等到我挤到前面欲掏钱购买时，发现口袋里的钱已经不翼而飞，被"三只手"钳走了……现在想想，外滩后街其实是非常生活化的，在那里，我们可以找到许许多多生活的必需品，后街，连接着整个上海人的生活。

几经风雨，和生活相连的后街的中央商场重新整划，又将与上海人民相见，以它的新的面孔迎接我们。走过中央商场，商场钢结构前披着绿色的遮盖布，远远望去一片绿意，等到掀开绿衣，钢架悬挂的一定是一个个硕大的生活甜果。不远处有一教堂，亦经粉刷修葺一新，安静地卧在绿荫之中，默默地注视着过往的人群。教堂边上，有一老者支起油画箱在写生。他画的是教堂，笔法、技巧并不在行，然画却充满热情，教堂建筑细节全被省去，留下的是一片金色和绿叶相映，大有西方文化在本土闪光的意味。同时，也给外滩后街带来了文化的撞击，并融合起百年的一阵阵的前街和后街的交响。

有一阵子我常和同学来外滩的后街写生，就是在这夏季。四点多天蒙蒙亮骑自行车，等到四川路、滇池路、圆明园路等路段时，天亮了，还不到五点。那时年轻，精力充沛，几乎每天早晨都会来外滩，包括后街来一趟，对那里的路如数家珍，那时的外滩后街，让我感到一种清癯、肃然……三十多年过去了，外滩依存，后街依然，不过，我原先感到的那种清癯、肃然却不复存在。外滩、外滩后街正以饱满的热情，和坚实的步伐，交响着精神与物质，文化与生活，并奏出时代的强音。

乌篷船

前几日从报上看到一则消息，说是绍兴柯桥出现"水上的士"。这"水上的士"就是鲁迅当年和小伙伴坐着它乘着夜色去挖罗汉豆，以及闰土他们当作交通工具的乌篷船。

我坐过几次乌篷船，为的是寻找坐在一叶扁舟上对水的一种感觉、寻找对水乡的一种新的领悟。泛舟走近水乡，看着纵横交错的水道，蜿蜒曲折的小河，穿过小镇、顺着村落涓涓地流淌。错落有致的黛瓦白墙，富有传统色彩的窗格门栏、石桥边嫩绿的杨柳带着夕阳的余晖倒映在水中，闪动着迷人的光斑，乌篷船穿梭划破光斑激起长长涟漪荡漾。

春到水乡。坐在乌篷船上，听着小雨淅淅沥沥落在船篷上，雨声滴滴嗒嗒地渐渐成了一片。戴着毡帽的老大，从舱里取出蓑衣穿上，坐在船尾用脚悠悠地划着，这身打份像是一位古风犹存的艄公。船向前推进，两岸的景色尽在烟雨微茫之中。雨滴在水中划出一圈圈水纹，圈连着圈、圈叠着圈，在不断地扩散、变化，勾划出一幅幅优美的图案。时而遇到捕鱼的竹栅栏，密密

枕水 110x30cm 中国画

地排在水中，排到用竹子搭成的小棚子边，疏密相当，极为入画，竹栅给乌篷船留下一条很窄的通道。这里又成了水乡的另一道风景。乌篷船很窄小，容纳二人躺下后就动弹不得。我就这么躺着，挪开船篷，仰天望着弧形的天空，手伸入水中划着。不知怎么想起了大禹、王羲之和他的兰亭序，想起陆游和唐婉的爱情悲剧，想起在秋风秋雨中的秋瑾，想得最多的还是鲁迅和他的三味书屋、咸亨酒店里的孔乙己、鲁镇的祥林嫂……我想，也许他们也乘过这两头弯弯的、小小的像是叶子般的乌篷船，这大禹治过的水如今还在静静地流，悄悄地不声不响地孕育了多少人杰英豪。

　　雨停了，太阳出来了。这轻舟八尺、低篷三扇，仍然悠悠地占断水云之乡。我听人说过，有水的地方就有灵气，坐在乌篷船上，除了借得灵气以外，还能感悟到先贤们留在乌篷船驶过的两岸荡漾在水中的真气、逸气。

廊 120x90cm 布面油画

周庄之夜

因为要陪同一个日本水彩画写生团，八点去机场迎接，连夜赶到周庄。以往到周庄的时间一般都是白天，而这一次到达周庄时已经是半夜十一点多钟了。不知是谁还有如此雅兴，竟提议去看看周庄的夜景。要说周庄，也不知来了多少次，却从来没有看过周庄的夜景，于是大家乘着夜色走进周庄。

月光洒落在鳞次栉比的屋顶，泻在繁密的树丛，从叶隙漏下一地，疏疏然像是残雪。月亮高挂空中，时而在水中闪出一个个光斑，其境尤为清绝。溪水静静地流淌，微波拍打石阶发出的音响，犹如从遥远的空中传来的一阵阵富有韵味的丝竹声。石桥横亘溪上，远远望去，水上的桥和水中的桥连成一片，光影和水影不断地有规律地变幻着，戏弄着映入水中的桥身。高低不同，大小不一的房舍安静地竖立在小河两旁，黑顶和白墙不甚分明，借着月光勾勒出清晰的富有变化的外轮廓。参差不齐的中国梧桐从房舍中、石桥后伸出枝桠，隐隐约约、虚虚朦朦，与天地浑然一气，造型极为生动。天然去雕饰，无论是素描、构图，还是色彩，都不失为绝妙二字。停泊在石桥远处的渔船无法计数，偶尔瞧见黄色的灯光闪烁，真好像是一幅"枫桥夜泊"图，只是四处静悄悄，不闻荡向空中的鸣钟声。抬头望明月，低头看水波，不禁想起唐诗"滟滟随波千万里，何处春江无月明。江流宛转绕芳甸，月照花林皆似霰。空里流霜不觉飞，汀上白沙看不见……"此时此刻，我像是走进了一个梦幻世界。

天亮了，我们又一次走进周庄，呈现在我们眼前的已没有夜晚的宁静了。一片喧闹尽收眼底，游览的人群摩肩接踵，穿流在狭窄的小街上。街上盖了许多崭新的房子，木栅雕栏，用朱漆漆刷，修葺一新，很是豪华。和石阶小桥互为错落的黛瓦粉墙在阳光下飘出几面杏黄色的广告旗，与夜色下的片云微波相比，风韵少逊。具有明清建筑遗风的沈厅、张厅雕梁画栋。流光溢彩，砖刻庭柱技艺精湛，然却有好事者塑沈万三像于堂中，终因妆点过丽，使之伤俗。想柳亚子当年迷楼痛饮酣歌，其情其景今不知在何处矣。

还是周庄的夜迷人。月色将景色推远至三里、五里外，尽情地享受着夜色、月光的沐浴，浑浑涯涯远意若生，趣韵自别。来日若有机会我还会再来看周庄的夜，看天上时圆时缺的一轮明月。

游五泄记

五泄者，五级瀑布也。诸暨人把"瀑"念成"泄"，五瀑也就成了现成的五泄了。

是日已近暮春，天朗气清，我们一行人乘坐大巴士入山游五泄。时正值双休，游人皆摩肩接踵，如潮、如水，未观五泄之水而见一泄又一泄之人潮。过沿壁而筑的弯弯曲曲的长廊即到大坝，渡船码头就在大坝右侧，早有画舫船及汽艇在此等候，载一批批游人渡湖入山。这群山之中原没有湖，也如同千岛湖筑坝蓄水而成湖一般，五泄湖也算作是人工之湖，湖的四周有七十二峰，三十六坪等景色。但见两岸山石玲珑峭削，叠嶂郁葱；四壁野花异草蔓山而生，红白青绿，映山灿烂而放，如绣如织。湖中青山倒影被汽艇划破，波纹荡漾，环顾群山上的岩石呈突怒偃蹇之状，以形状而界定的所谓"老龟攀岩"、"猛狮下山"、"元宝镇山"、"老僧拜佛"等，多为附会，真还不如让游人自己想像的为好。

登岸漫步溪边小道，脚下流水潺潺，溪中沙石四处，古木香樟四围，时有一汪如镜的潭水碧绿，林木的倒影和山坡的新篁相映，皆成画面，它的构图、色彩就好像日本画家东山魁夷所营造的意境。沿溪流而上，峰回路转，只见得飞瀑从石岩奔注而下，横空而出，其势如回澜，这是"五泄"中的第五泄。登石阶而上，石阶或高或下，站在石阶上看四泄，四泄如烈马破壁奔来，横偃侧布，瀑水折而掠壁下，其声响震山谷。三泄居五级瀑布之中，流水自二泄珠帘飘洒般的飞溅，忽得平石，石涧汩汩平缓而行，千条万条，左折右回；各具其状，然而却没有瀑布原先挂下时的那种激昂，忽而石叠直折，水聚涌悬空疾趋而注，汇成浩浩荡荡的三泄。寻得一泄，其水娟然隽永，如古琴奏出，其态亦巧，其形亦小。此地观一泄，其水真可谓柔情万般。

明袁中郎谓水突然而趋，忽然而折，天回云昏，顷刻不知其千里，细则为罗縠，旋则为虎眼，注则为天绅，立则为岳玉；矫而为龙，喷而为雾，吸而为风，怒而为霆，急徐舒蹙，奔跃万状，说水是至奇至变的。身临诸暨的五级瀑布，观人潮涌动，看湖光山色，见溪流涓涓，闻飞涛雷鸣。想这五泄一水五折，曲尽大小之变态。忽然记起袁中郎的文心、人情与水机之说，若有所思，顿有所悟。

溪 13.5x12cm 中国画

烟雨蒙蒙南北湖

南北湖在浙江海盐的西南，因湖中一堤将水分为南北而得名。鹰窠顶、云岫古庵、谭仙岭、奕仙城、金牛洞等是湖周边的几个景点，这些名字很像是武侠小说中的地名，烟雨蒙蒙之中，整个南北湖更让人有一种飘飘欲仙之感。

站在鹰窠顶望南北湖，天空中时飘过一阵细雨，把湖湾浸得一片迷茫。远眺杭州湾天水一色，把空间赋于无限的想象之中；近俯脚下的湖泊，除了一堤所分的南北湖外，还有不知鱼塘还是水田，在天光下亮亮闪闪，且造型大小不一，不尽相同，很符合画画人的审美要求。鹰窠顶上可观日月并升，然这种日月并升的奇景每年农历十月初一才有，我们在黄梅时节登山当然不可能看到。沿山而下就到了谭仙岭，这里曾是海盐通往杭州的古驿站。谭仙岭上筑有一座小石城，是用来抵御外来侵略的，城墙下塑有抗倭英雄徐行健的塑像。徐行健和闻名于世的戚继光同处一个时代。细雨丝丝拂面，站在塑像下抹去脸上的雨水，脑海中浮现出一个激动人心的场面：一船船倭寇从杭州湾驶入登陆，被徐行健带领的军民挑入水中，撩倒马下……仰面而望，对这位民族英雄肃然而起敬意。

从石头山通往山下的是一条残存的古驿道，细碎的石子路上似乎还留着马蹄的印痕，古驿道两旁是一片片碧绿的茅草，和已经盛开了的蓬松的芦花。茅草在雨中闪出油亮亮的光斑，芦花在雨中显得格外沉重，不见摇曳。抚古思今，也正是这条驿道上迎送着渐近和远逝的驿马，把一份份十万火急的文件送到驿站，为抗击外来侵略立下了不灭的战功。听着由远而近、由近而远的马蹄声，我仿佛听到在这古驿道上那铮铮铿铿的真刀实枪的碰击声。

地处南北的两个湖泊在微雨中显得格外清秀，说它像西湖却比之更为野逸；说它像太湖却比之缩小了许多许多，然却能从它和它周围的氛围中品出古朴的韵味。湖边密密匝匝地长满了接天的莲叶和莲花，让人不时感觉出宁静、祥和与安谧。

南北湖还在烟雨蒙蒙之中，坐山面湖眺大海，我想起了出身于邻县海宁的武侠小说大师金庸先生，金庸在他的武侠书中的地名也常常有诸如南北湖、鹰窠顶之类地名的味道。是金庸先生故土的情结，还是地域孕育了文化，抑或二者兼而有之。

舟 69x69cm 中国画

游柯岩记

我来过柯岩,这是好多年前的事了。那时,这个地方是一片农田,四处静得连蛙鸣时的呼吸都能听见,眼前突兀的石柱是三国时采石作为度量标志而留下的,另一根石柱中雕有佛像,端坐在石壁中,已遭损坏,也立在旁边。我记得当时沿着田埂围着那两根石柱转了一圈,石柱倒映在那块注满了水的稻田里,顶着蓝天,无声地孤傲地竖立在那里。鉴湖在那厢躺着,朝天注视着被开凿后遗弃的削壁千仞。乌篷船停泊在湖边,戴着毡帽的绍兴师爷对石柱、石壁并不留意,只是吸着烟斗,看着烟雾在湖面散去。

不想,七八年过去了,这个古代留下的采石场成了旅游胜地。重游柯岩,石柱还是那根石柱,山也还是那座山,石壁平平的,依然留着开凿的痕迹。然周围一切都变了,人们用水泥和花岗岩围砌在石柱的四边,再也看不见弯弯曲曲的田埂,再也没有灌水、放水的稻田,留有的一池鉴湖余水围着石柱,相对无言。

人们在这里铺设了道路,曲曲弯弯,空地植被着草坪,绿草茵茵。沿山又盖了许多房子,仿唐的亭子,仿宋的楼台,楹联、横匾和照壁,石桥、拱桥、浮桥和板桥,还有大雄宝殿,连鲁迅笔下的社戏戏台也搬到了那一注鉴湖水中。好像是围绕着采石场做成了一个大公园,又好像是汇集了众多的文化搭建了历史。湖边亦停泊着一排排乌篷船,艄公也戴着毡帽,他们笑语盈盈,看着湖水,看着前方像锥子般的石柱,在"文光射斗"的摩崖石刻前,在"镜水飞瀑"的千尺流水下,再也没有漠然的神情。

千年前留下的那根石柱中雕着大佛,大佛安详的目光和慈蔼的面容,让善男信女有了寄托。佛在石中,那些周围的采石遗物就有了历史;石在水中,那些留有斧凿印痕的石壁和石壁上的辟邪岩画及采石数字记录就有了文化;水在山中,那些从山上涓涓流入鉴湖的溪水和飞瀑就有了灵性。那根题有"云骨"的石柱昂首苍穹,挺风屹立跨过千年而不塌,可见古人对力学的研究,石柱的重心正在它的那个锥点上。也真像是一根云骨,支撑着眼下那片风景。"云骨"上端的几块石块留下了石貌,也留下了历史,石柱的肩上长有一棵柏树,虽瘦小却翠绿郁葱,像是那片风景有着无限的生命。

古越多石，故多采石场，因而以凿石为业的人亦多。我曾在黄山、泰山等地遇见打造石阶、石栏的师傅，问其祖籍，越地者多。如今，代代相传的打石师傅又在柯岩打造一个新的景点。禹迹茫茫，沈园遗梦，兰亭留景，三味书屋的读书声和蟋蟀鸣叫声交响；秋瑾断头处秋风秋雨交织，或历史、或人文、或自然，往事越千年，大凡景观由人而定。一如兰亭原在乱山中，涧水弯环诘曲，因当时文人于此流觞，以消其牢骚不平之气，或纵情曲蘗，或托为文章声歌，故成一片光景延续于今。又如三味书屋、沈园，前者因为大文豪鲁迅的《从百草园到三味书屋》，和他的儿时生活；后者因为陆游的《钗头凤》和他与唐婉的爱情故事，也皆因人而成景观。然你也许没有想到，古人鉴湖边上留下的那个采石场，今天会成为一个汇集文化的景点。也许，再过百年，甚至千年后，那时的人会互相说：双休日，走！到柯岩去看看，看看那里的一柱烛天，大雄宝殿、文昌阁和唱社戏的戏台。

褐岩 10x25cm 纸本油画

小路 25x25cm 纸本油画

安吉，昌硕故里寻源

　　浙江安吉，确切的说安吉鄣吴镇，是画家吴昌硕的出生地，我们称鄣吴镇为"昌硕故里"。

　　我最先知道安吉，是因为吴昌硕出生在安吉。我常常把安吉说成"吉安"，是因为那年月盛行毛泽东诗词，我毫不夸张地说，当时的毛泽东三十七首诗词，有一半以上可以滚瓜烂熟，其中有一句"十万工农下吉安，唤起工农千百万"，吉安是地名，红色革命根据地，在江西。后来费了好大的劲，才记住"安吉"。

　　浙江湖州、安吉一带物产丰富，随口就能说出好多，蚕丝、绸缎、大米、鱼虾……还有一个，也是最重要的，那就是——文化，在这个鱼米之乡也盛产"文化"。寻根追源，历史上的文人墨客比比皆是，名号都很大。从"误笔成蝇"的曹不兴，到创"永字八法"立"退笔冢"的智永禅师；从吟"慈母手中线"的孟郊，到唱"西塞山前白鹭飞"的张志和，都出生在湖州或是常年居住湖州，李煜，李后主祖籍也在湖州。大文豪苏东坡曾任湖州太守，肯定狠抓过文化教育，全面推动高考，赵孟頫携外甥画苍苍莽莽山水的王蒙把书法、绘画提到了高度，凌蒙初在湖州写《三言两拍》，俞樾、俞平伯于此留下诗文……湖州、安吉文化的历史悠远。吴昌硕的诞生和湖州安吉悠久的文化相关，也就是说，吴昌硕传承了湖州、安吉的文化。

　　在古代，湖州管辖的范围很大，南浔、双林等，甚至乌镇也属于湖州地域。善琏湖笔，又加重了湖州名扬四海的法码，衙门士大夫执湖笔文书签判，文人墨客视湖笔爱不释手，文化的发展离不开湖笔。文化发展至今，湖笔在书、画这个平台上依旧灿烂，烨烨生辉。我想，吴昌硕一定是用湖笔写就毛公鼎石鼓文的。南浔小莲庄的藏书楼，同样显示了湖州人对于文化的尊重。都说一方水土养一方人，湖州四周的山水，滋润着那块土地，也孕育了在那块土地上生成的有着深厚底蕴的文化。

寻源安吉鄣吴，随机抽取一处风景看看，都能找到山川的气息和文化的泉眼。藏龙百瀑，是安吉的一个景点。其实，所谓的那些名称，都是文人在观望自然后感受而赋予此地、此景富有文化意味的称谓而已，比如"百丈泉"，比如"翡翠谷"等等。藏龙百瀑亦是如此，其意为此山中藏着天上下凡的龙，这样看山就更加幽深，因为有龙汲水，自上而下，流出了百条形状、姿态不同的瀑水，文人便称此地为藏龙百瀑。看神州山水、亭台等景点的名谓，都是绝妙词句，就如一席诗、辞文化大餐，人文、历史、景观气息俱全包纳。

凡登山攀岩之景，必是山路旁边，随一涧水，或左或右，或大或小。大有巨石、滚石堆垒，水自缝隙中涓涓流淌；小则卵石、碎块杂陈，泉泊流石轻歌曼舞。或峰回路转，有亭翼然；或灌木修竹，风动影移，终成自然之景观。

端坐百瀑之一的"龙游瀑"前，闻水声潺潺如听轻快的音乐，观枝桠繁茂蔽日，光透树隙泻地，恍惚如在点彩画中。游山看水，汲取的不仅是负离子，更多的是气息，自然中山川之灵气。

瀑布因山体落差而成阵势；瀑状随山形结构而变姿态。"龙游瀑"不大，落差亦不高，然随山悬挂，水流如注，有弯曲，有急缓，忽然在瀑水当中看到了节奏，舒展与集切，还有顺其自然的流畅游走。此时，我想到，这一切竟然和中国画的运笔如此相像，其轻、重、缓、急，节奏皆俱。水流漫过石面，着水处色深，未经处色亮，疏朗散点，就像是毛笔蘸墨涂抹绢素，因为干、湿而形成的枯笔；再看枝桠横斜在天空交错，其虬劲，其圆浑，就像是吴昌硕书写的石鼓文。篆文讲究中锋用笔，包纳的是"厚"；强调线条的转折，注重的是"韧"和"衔"。细细观察体悟，自然中都能给你意味，关键在于发现。艺术的根本问题在于发现，自然中的事物一经触发，便能产生无尽的遐想和力量。

龙藏深山，广纳百瀑千水，各有形态，各成气象，抒之情，感于怀；鱼潜幽谷，吞吐微波水浪，横向纹线，纵为绸缎，得之心，悟于趣。此山、此水养人，修心；此情、此景绝伫灵素，妙契同塵。我想，从古到今的文人墨客钟情山水，呼啸山林，是一定有他的道理的。山山水水滋养了他们的精神、情怀。

前行鄣吴镇，民国时期叫鄣吴村，吴昌硕青少年时代在这里度过，现辟为"昌硕故里"。通往昌硕故里的公路修得很好，开车从天荒坪大溪藏龙百瀑、九龙峡驶去故里，不一会儿就到了。故里在公路边，一大石块上镌刻了"昌硕故里"四个大字，似印章，字体集石鼓文为设计，大有昌硕篆刻意味，凸显了一种涵涵大气。踱步小广场就是吴昌硕的老家，房子是徽派风格的建筑，砖木结构，不大，黛瓦粉墙，显得十分清雅。除了建筑的风格保持清末的味道外，故居中的其他装饰、摆件等，都是重新配置的，但依然有流年的印痕可寻。吴昌硕青少年时的卧室，雕花的木床，一顶蚊帐，包括折叠的床被，应该是按照记载重新置办的；他的书斋由一只画案和两把椅子组成，靠墙有一书架，简洁、明了，是否当时模样，我不得而知。光线从西边的一个小窗移入，并不敞亮，却忽然有了旧时的光阴，脚步和木地板的磨擦，发出"吱吱"的声音，像是穿越到了前朝，似有朗朗"百家姓"、"千字文"的读书声传来，又仿佛看到年幼的吴昌硕正伏案书写"天地玄黄，宇宙洪荒……"

窗外的梧桐蕉叶，营造了读书的氛围和境界。门前有一花园，几只圆石凳合围紫藤树下，藤条垂垂，蔓枝缭绕，亦增添几许古韵。不知是藤萝蔓枝的缠绕牵系吴昌硕的心，还是他受到藤枝虬劲的启发而创造了吴门画派对于藤本的挥洒，不过我相信，自然必定是艺术的源泉，沉淀自然，也一定能找到文化的精神和文化的自信。

坐在花园中的圆石凳上，听低迴悠雅的背景音乐，看鸟雀扑棱，煞是一派祥和景象，或许，吴昌硕的小时候，也是这番境地？我思忖，自然是否就是修身养心的平台，或许自然是铸情达观的媒介。文化的积累沉淀了艺术，性情的练达造就了气象。寻自然而往，艺术的源头就在那片山水之中，而吴昌硕正是从这片天空中向我们走来的。

昌硕故里边上有一条溪水，流水不断地向前推进，当地人称它为"大溪坑"。他们的读音和普通话大相径庭。但不知怎么，我觉得那字面，读音却很像吴昌硕，很像那个集诗、书、画、印为一体的问鼎世界的大家。吴昌硕就像他故里边上流过的那条"大溪"，如今还源源不断地从远方的藏龙百瀑的山中流出，流向九洲，流向世界。

泾县 18x25cm 纸本油画

黄山寻雪

黄山下雪了，朋友打来电话告知。黄山的雪于我心仪已久，于是急急邀上同道中人同去看雪，因为购票困难，待踏上旅程时已晚了两天。

途中，我已在黄山雪的想象之中，于是一切与雪有关的情、景，涌上思绪。我仿佛看到三二文人拥坐围炉，一面品茶饮酒，一面看飞舞的雪花，看它纷纷扬扬洒落在挺拔的松上，曲折的山道上，以及可名状的和不可名状的岩石上。我仿佛看到，我们走在厚厚的积雪上，听那踩雪的沙沙声，与之松下听琴，月下听箫，涧边听瀑，溪边听泉，林中听鸟鸣，山中听梵呗，同样具有闲情妙趣。我又仿佛看到，满山银装素裹，白雪皑皑，月光映照雪上相互更显出皎洁，朔风伴着松涛在丘壑回旋……

带着想象来到黄山，眼前名山依旧，磐石疑坠复倚，向阳处常青灌木盘郁，背阳坡上残雪簇簇，石缝中的青松屹立寒风。上缆车须臾到山顶，来接我们的排云楼宾馆副总吴明星不无歉意地说："你们晚来了两天，雪都融化了，只是向北处还稍有积雪。"随后又尽情地描绘了大雪后的黄山，竟然全与我那想象吻合。我踏在渐渐融化的雪上，举目望去，虽不见想象的银色世界，然冬天的黄山终不同一般。远处的天空在纯净的空气中更显蔚蓝，峰壑的奇松，千姿百态的怪石，在绝少游人之中更显静寂。我曾多次来黄山，感受过滋润暖湿的春风微微拂过万壑幽壑以及那被吹醒了的沉睡的山草，也看过变幻莫测的云雾、云海……然这冬天的景致，没有大雪不也是一种感受吗。

走在始信峰上望石矼，峰萼神秀历历旧观，片片疑削，怪石嶙峋，像是十八罗汉，像是丞相观棋，惟妙惟肖凝结在空气之中。但见西海诸峰寥绝万仞，参峙天表，巉岩绝山巘，残雪条条、块块镶嵌其中，极富形式感，与之青色的山石相同，又更觉得一种装饰意味……然终究不见积雪、雾松，总觉得缺了什么。途中听得游人议论西海的飞来石，有谓之女娲补天时多余的一块放在此处，有谓之孙悟空从王母娘娘那里摘来的仙桃，他们的想象使之黄山更显神奇，我想，我还可凭借这块硕石想象出更美妙的故事，想象永远是美好的。

此时，我又回到了我那对于雪的美好的想象之中。

山松 14x21cm 纸本油画

游天柱山记

安徽潜山往西北行三十华里有一山，因其主峰峻拔高耸，似一擎天石柱，故名曰：天柱山；又因这拔地而起之石柱直入苍穹并隐潜群峦迭峰之云雾中，亦被称作潜山。

是日，驱车前往天柱山麓，山麓路边辟有一平地，下车眺望，抬眼望远山连绵，不见险峻；杂树团簇，并无态势，四周景色极为平常。绕过山口一小亭，购票入山，一条石阶路弯弯曲曲延下于松树间隐没，山坡旁边竖一木牌，上面写着"天柱峡谷"。沿石阶缓行而下，便入谷底，待抬头时，忽见山峡间乱石杂陈，阳光下呈现灰白色的石块被岁月打磨得圆滑透亮。石涧有水由上向下流动，低洼处便积水潭，其颜色与灰白之石一对比，那透透的翠绿色如同翡翠一般。仰头能见溪流挂壁，水不是很大，一溜垂下，像是一条白色的练带。水流声响，近处淅淅流动之声如丝竹，远处哗哗击石之音似弹拨。不知山中之水从何而来？也不知常年不断之流，会不会枯竭？

走过横架乱石之上的木桥，越过石涧，石阶便一级高过一级向上铺设。拾级而上，渐渐往高处登临，两旁松林、乔木密集起来，树叶，松针层层叠叠遮着骄阳，稀疏处偶见些许阳光透过，照在石阶上，照在斜倚路边的灌木上，斑斑驳驳弄了一地。信步登高，闻得林中鸟儿吱吱问答，像是互相问候，又像是歌唱；风动影移，但见树阴叶影婆娑摇曳，像是搀扶，又像是在舞蹈。忽然想起七八年前友人对我所言，天柱山得自然之野趣，觅山林之幽静，值得一去。此等幽静，那番野趣，真如古人所云渐入佳境之言。凡自然真气，意蕴，只有深入探寻，方可觅得。转眼又想到，天目之老殿，禅源之古松；浙西之峡谷，雁荡之龙湫；华山之险，泰山之雄；青城山之幽深，崆峒之奇巧，或松壑烟霞，溪流曲折；或幽亭秀水，叠翠相望。天下山水，可谓皆得幽静，野趣也。

出峡谷及登天柱之顶，天空飘来几朵闲云，倏忽化作一阵大雨，俄而山上雾气弥散，一片迷茫。眼前飞来石忽隐忽现，虚虚蒙蒙，犹如云遮烟锁；脚下是怪石罗列，幽洞曲折，好像迷宫一般。蓦然回首，苍茫弥漫中几枝松虬傲立怪石之上，与雾潮云海相戏，以此组成的画面，顿时生出无穷的意趣。

穿过由大小石块堆垒的神秘谷，再上几十级石阶就到了拜岳台，山顶平台边的山崖上一棵状如黄山迎客松模样的千年老松傲然风中。那棵松树千百年来沐雾浴雨，迎来朝晖，送走晚霞，也不知送往迎来了多少达官贵人，文人墨客和樵夫黎民。它是这座山中最为职守自己岗位的卫士。

站在拜岳台上，应该能看到潜在群峦之中的擎天一柱，无奈主峰躲进云雾之中，深潜闺房，不得相见，留下憾事一件。

下山时，在云雾吹散瞬间，见得山体怪石莲蕊斗开，其景疑似黄山。然稍一细品则不然，黄山秀乃奇，天柱山秀乃巧；黄山精致然剔透，天柱山精致玲珑；黄山俊而险隘，天柱山俊而舒坦。然，又共得天下山水之意，趣也。

崖间 14x21cm 纸本油画

沿沱江走走

沱江穿过古城凤凰连着沅水，通向长江，汇集流入大海。水是相连通的，是流动的，也许，就是水的灵性。沿沱江而走，细雨中望一眼顺着水流远去的小舟，心结也随着小舟驶向远方。

沿沱江而走，雨正下得疏散。烟雨的沱江同透出玄色的山峦连成一片，两岸鳞比的屋顶灰黑铮亮，在虚朦中韵化成水墨。都说山川养人，那沱江的灵动，南华的绿翠，凤凰的山岚水气滋养了那些沿沱江从凤凰走出的人。

七十多年前，出生于此的沈从文先生沿沱江而走，也许那天也有这般细雨，也许也像那叶小舟带着凤凰的山岚水气顺水而流。这一远行，沱江中走出了一个文人，学者。因为他的《边城》，让沱江之畔的这个边城记取了悠远的回思；正是这位沿沱江走出的老人那简朴而闪光的文字，让边城的凤凰乘舟直挂云帆，沿着沱江边上的青石板，可以走进他的故居看看。故居在幽深的巷道的一边，走过故居的前厅是一个铺满青砖的天井。满墙的爬藤垂檐绕柱，依依垂落在那间书房的窗沿，那是老人少年读书的地方。如今，那张书桌已经破旧，然我却依稀看到油灯亮出火焰，看到少年沈从文读书时朦胧的身影。站在天井中，我的耳边仿佛响起从文先生朗朗的读书声，那声响和着青石板上的脚步，随着沱江的清风飘出，送走一个个空寂的长夜。

沱江的水在流动，流过那座有着弯角屋檐的虹桥，桥上有黄永玉先生所撰的楹联，联意充满想象和对凤凰的深情。这又一位沿沱江走出的传奇人物，他不仅是多才多艺，而且还有一副铮铮铁骨，更为惊奇的是他只有小学三年级的文化。我喜欢他的率直、纯真和文章，以及那些版画、彩墨和许多审美的观念。虹桥下的青石板路亦建筑在水边的"夺翠楼"，那是黄永玉先生的画室，是他自己在旧的老房子上重新设计翻建的，其传统的建筑风格和周边的环境协调和谐，融为一体。当地人把"夺翠楼"后面的那座山叫做龙山，从虹桥的那一边望雄踞水畔的画楼，犹如昂首的龙头，穿过街楼，从另一侧看画楼雄姿依然。楼沿下有"回龙阁"三字是原先留下的，说是夺翠楼像龙头也是有渊源和出典的。"回龙阁"边上有位老人在悠然地闲坐，问他知不知道黄永玉，他说知道，回过脸来一看，还真像黄永玉。

海江边 32x41cm 纸本油画

　　沿沱江走走，随处都是自然的、历史和人文的景观。是沱江的水给了她们一个高远明净的长空，是沱江的水温润、充盈大地的无限生机，在水的涓涓声中流淌着古老的故事。清澈的江水在雨中泛起涟漪，一圈消逝接上又是一圈，似乎在唱着一首首代代相传的歌谣，那是思乡的呼唤，是飘零的心迹，是企盼的回归。

　　在东关门的凉亭中避雨，一个当年曾带领中国人民解放军剿匪的老同志告诉我，沈从文先生的墓就在前面江边的听涛山上，顺着老人的手望去，只见前方积山万状，争气负高，含要饮景；那里烟雨虚无飘渺，雾气、水气冉冉一片韵化，似为仙境。忽而雨停，云层中透出薄薄的阳光，沱江的水平静地流动，仿佛也在低低地吟唱沈从文先生墓碑前的那两句话：

　　照我思索，能理解"我"。

　　照我思索，可认识"人"。

武夷山水

山阴道上行 13.5x12cm 中国画

　　武夷的风光在于她的山水，到那里，是去看山水的，一条拐了十八弯的九曲溪绕山而行，穿贯群峰。那山洞深邃幽寂，泉流淙淙，嗥山口飞泻珠帘，石上溅起雪花，这是水。抬头望，山岩各呈姿态，千峰竞秀。溪边壁立万仞，半岩云暝噫雷风；溪口奇峰雄踞，绝顶雾开擎日月，那是山。在武夷，你能感到，山峦无水流、云岚。相随就少了灵气；溪水没有山势的高低曲折就不见流畅。武夷的山、水长相随，故而也有了自然景观，故而有了古人的足迹，故而有了文化的印痕。

　　坐竹筏漂流九曲是解读武夷山水的最佳课本。眼下虽是八月，骄阳似火，满山却是绿阴葱葱，溪流清激透凉，那种感觉犹如跨过季节，远离了盛夏。顺流而下，九曲溪流过星村渐入佳境。两岸峰峦峭立，筏过水动，水中倒影被碧波碾辞，山坡野花如星星点缀，峰顶杂树迎风摇曳，山谷时有鸟叫，声入云雷，那鸣啾声悠悠然在谷中划破空寂，使之山水间更显一种幽静。溪水时缓时急，舟行景移，从一曲到九曲大约有八九公里的水路，每一弯曲处总有景观，说它一曲三景、五观。也并不为过。临溪而望，武夷山岩为溪水而立，卧曲细听，溪水湍流似合峦石而歌。这厢巨石像是一只猛狮横卧水边，人便称作狮子峰；那边岩上留有风化蚀剥痕迹，像是仙女下凡晒挂的布匹，故亦叫做晒布岩。再看自鲤鱼石、花瓶石、试剑石、情人石、僧尼石、磨盘石，包括闻名遐迩的象征着武夷山标志的玉女峰、大王峰，武夷的岩峰数不胜数，而且，每一块石头或峰峦都有着一段动人的美丽故事，让人置身于自然景观中遐想。

　　在竹排上忽然想起自古以来的那些游山玩水者。从郦道元、徐霞客到柳宗元、苏轼，以及那些皇帝御史、文臣武将，他们都会走到山水之中，把自己同山水融为一体。他们或为自己的著书、注诠、考证而攀山越水，记下地址地貌，怪石异水，奇花异草；他们或为寄情山水，迁客离乡而面对山水长吟，浩浩乎如凭虚御风，而不知其所止，悠悠乎颢气俱，而莫得其涯；他们或为巡视察访而出游名山大川，摩崖石壁上的墨迹、凿痕，留下了他们的抱负和思想，还有他们的足迹。他们的游山是一种对于自然状态的发现，是一种面对山水而释心情的放飞，是一种借豪气而凭山河的感怀；他们的玩水，是寻源觅踪，是与溪流同唱，是凌万顷之茫然的喟叹。

面对武夷的山水，此地此景我们会有由衷的感慨。是情与景会。是心同境合。是物人合一。面对武夷山水，当我站立在溪边的石刻前，听一听古人的"空谷传声"，想一想孔老夫子的"逝者如斯"，我们感到一种文化存在，也感到了游山玩水中的人文内涵。

在朱熹纪念馆，在武夷宫，我们感到了修身、齐家、治国、平天下的儒家思想和朱子理学。也许，这正是武夷山水的精华所在，也许，这正是武夷山水相随、相守的连接。

而今，武夷的山依然屹立，武夷的水不断流消。溪山佳丽，意境寓古今上下：水木清华，景光衔春夏秋冬，这便是武夷的山水。我们乘竹排，登天游，看山岩上的猿猴、野兔，天上的飞鹤、林鸟、闲云，以及过往迎来的芸芸众生，想他们为何来而复去、去而复来。

为何？我们该去问问武夷的山和九曲的水。

武夷山的晒布岩 50x60cm 布面油画

古镇下梅

下梅是离武夷山风景区很近的一个古镇，之所以称它为古镇是因为镇上的民居都有了些年代。按那些收藏古董的人说，这房子里铺的青砖，还有墙砖，梁、柱等物件都有了"包浆"。那"美人靠"（当地人把溪边、廊下的有靠背的木椅子称为"美人靠"），我不知道怎么会有这样的名称，仔细想想倒也贴切，那些住在老房子里的美人，往廊棚下靠河沿搭起的木椅子上一坐，双手搁在木棚栏上，或美目兮远眺，或低首作沉思，其姿态总能生出几分美意。我看那陈旧的祠堂，屋檐下，墙角上布满木雕、砖雕，制作相当精细，很有艺术欣赏价值。

花格窗是中国传统建筑必不可少的元素，因年久失修，有破损，无法开启。砖墙早已斑驳，紫筋石灰稍一碰撞，灰泥便悉悉簌簌地落下，还有裸露在外的支撑屋顶的檐柱，横梁，涂刷其上的桐油经岁月的侵蚀，早已干枯，但错落有致的结构却有着永恒的审美。还有路上铺的青砖，石板，还厨房的灶台，还有屋里的摆设等等，都足以说明那是祖上留下的，能让我们瞻望和生成怀旧的东西。

那一大群现已破旧的明清建筑，曾有过它的辉煌。下梅镇边有条水道，因为两岸种植了许多梅花，故曰梅溪。那梅溪把这里的木材、茶叶、山货等运出去，再把盐、油等日常用品运进来。如此来来往往，梅溪因此给古镇带来了财富。这种商业的手段给古镇带来繁荣，更为重要的是给下梅带来文化。想来，理学家朱熹来武夷山设讲堂传授修身、齐家、治国的思想，也顺着水道流入下梅。直到今天，我们也还能从这居室厅中悬挂的颂扬读书的楹联中看出，当初下梅镇的黎民百姓是多么地崇尚文化。武夷地处闽北，然其建筑的样式却是综合了徽、浙一带的风味，或许这仰首苍穹的马头墙，这狭窄的小巷，这高大的却很少开窗的山墙；这沿溪筑建的"美人靠"，这遮拦风雨的廊沿，这铺入水中的石阶等等建筑风格和意韵正是由梅溪这条水道而引进的。

河道悠悠 25x25cm 纸本油画

　　水流是悠长的，溶入水中的文化悠悠地流着，源源不断，故而有了悠长的文化和底蕴。犹如长江、黄河，同源于那仅一滩滩积水的沱沱河，然一个往南咆哮而下，一个汹涌向北而上，而后又共同蜿曲向东流向大海，渊源不断，又通过无数支流，流遍九州大地。或许此梅溪河是长江的无数支流中的一条。水是湿润的，经过水浸淫的文化具含天地之气韵和飘逸之灵动。凡有水之地便蕴籍灵气和韵味。犹如意大利之威尼斯，荷兰之阿姆斯特丹，苏州之周庄，上海青浦之朱家角等等，那般的悠然，如此的幽静，就此造就的温润的气韵让人驻足，让人抒怀。或许，这梅溪亦沾染了水的韵味与气息。然而，当溶入水中的文化与由水蕴籍的温润和气韵相汇，便养育了掌握文化而写就历史的人。

　　下梅古镇是陈旧的，但陈旧不等于腐败，因此并不可怕。我在下梅古镇祠堂中曾听到"富不过三代，穷也不过三代"的说法。下梅需要保护老民居、古祠堂、庭院等等，这里将得以修复，打造，不再受穷。然而在开发旅游的同时，别忘记把身边的那条梅溪河与九曲溪沟通，并通过支支叉叉的河流连接长江，让它有源源不断的文化和温润引入。

走马丽江

我这次到云南丽江呆了一天半时间，在黑龙潭、老街和玉龙雪山兜了一圈，严格地说只能称作是走马丽江而已。

丽江位于云南的西北。逶迤不绝的群山，巍巍入云的玉龙，怀抱着那座有着文化底蕴和近千年历史的古城。走进古城，你能感受到一阵阵袭人的古风。悠悠的古趣在流水之中，那木板横架在悠悠的流水上，沿木板可以通向漾溢着古韵的小木屋。屋里写着许多东巴文字，东巴文字源于象形文字，一个字就是一幅稚拙的且构图优美的图画，很有装饰感，墙上挂着雕刻着富有民间色彩图案的木盘，几只木制的小凳子可以让游客随意坐坐，如有空闲，还可以沏上一壶好茶。有的木屋装修得很有西洋风韵，或者是咖啡酒吧，或者再放上几台电脑，成了时尚流行的网吧。除了特有民族韵味以外，门口牌子上写着洋文，屋里的墙上也贴着些洋文，还不时看到高鼻子、蓝眼睛坐在电脑前摆弄着鼠标，与东方的建筑形成鲜明的对比，构筑成一道独特的风景。丽江气候宜人，游人如织、如潮，涌进一家挨着一家的商店，走过一块连着一块的青石板；听着哗哗流动的清冽泉水，看着微风拂动的丝丝柳枝。那一条条小街巷似曾相识，很像是江南古镇的小街，然细细品味琢磨，又有所不同。数千年的文化沉淀在其微微翘起的屋角上，在其略有弧度的瓦檐上，它糅合了许多汉族、纳西族的传统文化，体现了纳西族人的广纳和智慧，博采和开明。晨曦中，街巷中飘散出袅袅烟云，给古城蒙上一层薄薄的面纱。临街而望，像是走进了梦中的天堂，夕阳下，阳光穿过屋檐，给狭窄的的石板路铺上一道金色，那木板小屋都在呈深紫色的背阳之中，给古城又添上一种难言的神秘色彩……无论是老街，还是"木府"，或者是木老爷的行宫黑龙潭，都可以看到汉文化对其的影响。

在黑龙潭花园可以远远地望见一条长长的巍巍的"玉龙"，看到矗入云端的有五千多米高的终年不化的

雪巅 9.2x22cm 纸本油画

雪山。坐缆车上玉龙雪山观冰川，在海拔四千七百多米处，气温骤降，气候也多变，山下多云，山上却是大雨倾盆。我们穿着租来的羽绒衣来御寒，也用来防雨，终因山上无遮无盖，淋得像落汤鸡一般。雨忽大忽小，云雾忽浓密忽疏淡，一会儿把整个玉龙吞入其中，一会儿又随风散去，露出壮观的冰川景色。这冰川是火山爆发后留下的一种地貌，经过地壳的运动变化，它成了灰白的岩石。听人说，阳光照在冰川的石缝中会透出蓝色的光，因为雨、雾，看到的是如梦如幻的仙境，很遗憾没能看到冰川中的蓝色。不知怎么，每次外出领略山川景色时，总是满怀着希望，也总会带着一点遗憾。这又很像是人生之旅，有希望，也会有遗憾，人生正因为有希望和遗憾，才会有追求和奋进。

走马丽江，进古街、过黑龙潭、登冰川，走走看看、看看停停、停停想想，总有感悟，总有收获。

二月的鹭岛

二月有空闲去鹭岛。这是我第二次来这里，三年前来此地写生，时正值八月盛夏，百年一遇的酷暑难当，三十九摄氏度的高温，热得顾不上去品味这座美丽的滨海城市。

二月的鹭岛不知怎样？

当我们从这个设计成蜂窝形状的厦门国际机场走出时，迎来的是一阵阵醉人的春风。一个多小时前在上海虹桥机场感受的寒意，被这里的暖风吹得荡然无存。

二月的鹭岛，清透的阳光带来了盎然的春意。走进茅盾先生题写的厦门植物园，满地都是南国的奇花异草。叫不出名，红的、黄的、紫的、橙的，五彩缤纷，团团簇簇举目皆是。花朵儿和着微暖的海风，不时透出春天的气息。还有树，椰树高挺参天、榕树盘根缠藤、棕榈像是蒲扇纵横交错。无论狭叶的还是阔叶的，都绿得油亮。叶上不见一点生土，那是赏心的。另外有两种较为少见的树，一种树没有树皮，高高的，颜色是灰白色的，朝上望去，蓝天映衬着交错的灰白的枝杈，那种颜色组合具有装饰的审美。一种是树主干两头尖中间大，呈椭圆形，分枝极细，弯曲地向四周伸展，其造型就好像现代的国画家主观有意的变形创造。这就应了书上所说的，叫做少见的必是多怪的。这可是悦目的。

鹭岛四周都是海。二月的海，给你的是温情，海水是碧绿的，和蔚蓝的天极为般配。海面平静，没有起浪，只是随着微风波动，轻轻地拍打着冒出水面的礁石，溅起白色的浪花；时而推出一条白线，拥吻着布满阳光的沙滩，"哗哗"地拥上，又"嗦嗦"地退下，海水残留的白沫，构成抽象的，富有装饰意味的图形。几只白鹭迈开修长的腿在沙滩上行走，像是踏着春天的脚步舞蹈。沙滩对面是金门，然中间的海水却是相连的。两只在空中飞翔的白鹭渐渐消失在海面。或许，它们去了金门，给他们送去春天的消息；或许，它们又会马上飞回来，带回那里人民的真诚的企盼。

鹭岛的鼓浪屿亦染上了二月的春色。阳光依然映照在那些当年下南洋奋斗的侨民回归祖国所建造的老房子上，也许，当年的主人已经不在，但老房子还在，他们在婆娑的光影中享受着温暖。踏上石阶，抚摸栏栅，就像在抚摸历史。这里的每一块砖，每一片瓦，以及花园中攀爬在葡萄架上的每一根藤，都记载着远渡重洋的一腔辛酸，牵动着侨民似箭的归心。鼓浪屿上植有榕树，郁郁葱葱，密密匝匝。树上会有无数根须一簇一簇下垂。根须下垂是为了寻土，当它落地扎进泥土，便会又长出一根根枝条。站在树下我举手拉着根须，这根须居然是拉扯不断的，我忽然想到，那些散落在世界各地的华侨，他们向往祖国的心，就像那榕树的根须，是决然扯不断的。

鼓浪屿上的日光岩是当年郑成功操练水师的地方，现在已成了一个白然和人文的景观。站在上面眺望，能把大海看得很远，我思忖着，鹭岛的春天也到了大海那边吗。正心旷神怡时，空中忽有一架银色的飞机掠过，不知是装满了二月鹭岛的风和花朵送到彼岸，还是满载着过完新年的台胞越过海峡而来。

远望 18x25cm 纸本油画

大连的阳光

太阳挂在蔚蓝的天空，洒落碧绿的水面，大连的阳光是透明的，把天地间照得通亮通亮，我在欧洲也见过这般透亮的阳光。早上出门走到街上，在太阳底下，即便零下五六摄氏度的寒冬，也并不觉得怎么冷，我听人说过，南方的湿冷和北方的干冷是有差别的。站在大连的阳光下，这才有了体会。

阳光照在那些大楼、公寓，以及一幢小别墅和花园洋房上，这些建筑都是外国人建造后留在我们国土上的。透亮的阳光把有西洋韵味的百叶窗，把有花岗岩砌块的大窗台和铁制窗栅，把拱形的且带有金属附件的圆门以及石阶等照亮，勾勒出城市的旧话。

阳光照在大街上，街道并不宽敞，然却很整洁，偶有几片在严冬里还挂在树梢上的叶子，在阳光下飘落，很有一些诗意。街旁不知从何处冒出大团大团的蒸气，也不知这蒸气是怎么产生的，太阳照在上面，却有着电影镜头的效果。马路随着斜坡而起伏，忽而陡然直上，稍见平坦，又倏地而下，两旁构筑在高高低低坡上的房子，那些建筑的透空围栏同样高高低低构成了变化，使之阳光下的投影也变得生动起来。如若对景写生，那种起伏的变化，是很有构图的。街上行人很少，也因为这忽上忽下的坡，不适应使用自行车，故也很少看到自行车．因此也构成了一种城市的状态。

海滨有着大连人引以为自豪的一道道景观。如果你从老虎滩开始沿海滨徒步，阳光铺满了那条充满休闲意味的滨海路。这一边临海，一面依山，在休闲道上欣赏一路风光，在绿翠中眺望无边的海面，你会沐浴着温暖的阳光，呼吸着空静的气息，你会感到海风所带来的清新。

燕窝岭是滨海路上看海的最佳去处。由于地壳断裂

归 20x20cm 纸本油画

撕开后形成的岸壁，变成了一道观海景观，大概常有燕子来做窝的缘故，故又称作燕窝岭。阳光照在断裂的岩石上，还有一半在投影之中，海面上的投影，把海水染成绿的、蓝的和灰的，闪烁的阳光让你生出无限的想象。

燕窝岭上景观都是人工雕琢的，比如伸下海滩的石阶，峭壁上筑成的一个亭子等等。而今，正是这些雕琢而成的海滨，支撑着这座美丽的城市。

晚上，大连下了一场大雪，纷纷扬扬的雪花飘了一夜，第二天，房顶、树梢、马路上和停在路边的轿车上都是雪白的一片。银装素裹，好一派北国风光，在南方的冬天，已经很少看到这种场景了。

天似乎比昨天冷了许多，然太阳依然清澈、透明，穿过纯净的空气，照亮了那一片皑皑的白雪。远处一幢小洋楼覆盖着雪，在青翠的塔松中，显得格外精神。坡上也积了厚厚的雪，一排小树林的投影歪斜地洒落在雪地里，阳光下呈现出澄澈的蓝色，四处没有一点声响。湛蓝的天映衬出一个银色世界，一个静穆的天地．

太阳每天都是新的，从彼岸带来新的气息，在大连的每一块绿地，每一个广场和每一幢建筑中溢出。无论是春光明媚，还是冰雪满地，不管是青山绿水，或者红树翠竹，阳光在天地中竞显出她的灵秀。

大连的阳光是透明的，也是诗情的。

长城，一首永恒的歌

　　五月，我随中国油画学会去北戴河写生，顺道去了天下第一关和长城入海口——老龙头。长城真像是一条蜿蜒于九州大地的巨龙，那延伸到渤海的"龙头"正昂首望着大海，注视着世界。

　　我在紧靠山海关的角山，登临那里的长城。此段长城已经重新整修，但却能清楚地看到那层泛出土黄色并有点碱化的断墙残垣，那些砖块表面常年露浸雨淋，分明已经风蚀，但却能从磨损的肌理中感受到岁月的沧桑。仰首望去，烽火台在绿树郁丛中，山腰有几处云雾缭绕，恍惚中仿佛狼烟燃向空中。我分不清这几座烽火台是燕国时代留下的，还是明代为防御蒙古贵族的再次南下而重新修建的，又或是最近刚刚依照明、清的长城修葺的。长城盘踞在山野中，城墙忽隐忽现，藏匿在山脊，向山的背面延续过去，并逐渐向天与山的交界处消失。我想，烽火台现在已不再有狼烟，长城也不再是防御入侵的"边墙"。但长城以它的雄伟、坚韧、牢固，成了中华民族的精神象征，它是每个中国人心中一首永恒的歌。

　　我也曾去过现在保存和修复得较为完好的八达岭居庸关，如今在广告和图片中常能见到，它已经成为长城的标志性的景观和著名的旅游景点。我爬到过八达岭顶端城垛，在墙边小桌子上敲过一个"不到长城非好汉"

清天 25x25cm 纸本油画

秋风 20x25cm 纸本油画

的红印。那时正是深秋，满山的红叶衬映着绯红的晚霞，立于城堡举目，大有念大地之悠悠的感怀。

长城共穿越一百多个县。千百年过去了，在经历了风霜雨淋，沙暴侵蚀，以及战争，自然风化后，其数万里的连接已不复存在。然而，撒落在连线上的长城遗址，尽管已是一个个土堆，却有着历经修复的角山、八达岭等长城所没有的震撼力。那不完整的，被磨损风化了的颓垣断壁，记载了多多少少苍凉悲壮的民族英雄；蕴含了无数个悲欢离合的民间故事。遥望史诗般的长城，那里有读不完的历史。

我见过戈壁滩上的阳关，我想，那块被风化了的土堆，古代一定是一个险峻的关隘。站在镌刻了"阳关"二字的石碑旁，我似乎望到了西出阳关的人群。风吹沙粒，发出"沙沙"声响，我仿佛听见古人在吟唱"春风不度玉门关"的悲凉诗句。而今，春风绿遍神州，断缺的长城化作了精神。

外国某机构曾经用卫星拍摄地球。据此从太空望苍苍茫茫的大地，宛如一幅赵无极的混沌迷朦的抽象画，在那幅抽象画中，能辨认出长城，看到延伸到渤海的老龙头、山海关，和顺沿山脉透蜿万里，断断续续，一直到戈壁滩上的嘉峪关。作为世界一大奇迹的长城，在疆土上断续不连，但却连接在每个中国人的心里。因而一旦我们的国家遇到任何危难时，那必将会用我们的心筑起一道新的长城。

华夏长城，我们心中一首永恒的歌。

写意平遥

古城 60x80cm 布面油画

平遥是一座保留颇为完整的古城，在山西。当年筑城始有"山水朝阳，龟前戏水，城之攸建，依此为胜"的说法，六道城门南北各一为头尾，东西各二为四足，取神龟吉祥长寿之意。

平遥城厚厚的城门紧闭着，隔开了城外的喧哗和喧闹，与之城内的悠然与静谧相对，城墙内外喧嚣与幽静的反差，显得强烈。城门半掩着，好像是早就作了准备。让太阳从那门缝间隙中漏将进来。光耀与炊烟在空中交融，慢慢地汇成一片片薄薄的紫气，悠悠然由东聚拢而来，须臾又弥散而去，直到天空露出蔚蓝的容颜，给宁静的小巷带来青春的活力。

古城中有着一大片古意流存的明清建筑，比徽州的那些老房子浑厚、古朴、大气，晋中的商贾黎民一代传一代在那里居住，岁月在他们身边悄悄滑过，岁月也留在了斑驳的土墙和灰瓦之中。大门左边拴马桩上的猴子有大块破损，和门楼残缺的砖雕呼应，倒也协调，然却无法修补。就好像法国巴黎罗浮宫中那尊断臂的维纳斯，任专家们如何施展高招，断臂也补不上去一样。其实破损的猴子、砖雕的残存，也不用修补，且让它去留住流逝的岁月吧。

风吹柳动，尘土微扬。抬眼望，檐口梁架纵横，构筑紧密，屋顶庞大，出檐深远，斗拱联然，勾心斗角，屋角翘然，气势非凡。忽有白云晃过，光影闪亮着檐梁上斑驳的彩绘，让你感悟到古城建筑中的文化内涵。太阳西斜，复照灰瓦土墙，翘角翼然，门墩石狮，垂花雕楼；紫霞映衬东城隍、西县衙、南观音、北关帝，以及沿街鳞次栉比的票号老店，都在夕阳中晃悠出蕴藉其中的古韵。巷回路转，疏落而幽深，高墙挡住西下的光影。推开黑漆大门，森森然不见人影，迎面的墙上忽而闪出青冥之彩，那是一块写有"福"字的照壁。绕过照壁，走过一道檐门，门檐雕棚亦精致，琉璃瓦，翘檐角，高大而有气势。房子前面是一个很大的天井，天井中置有八仙桌和条凳，两边都是房间，那是给客人用的，同样也有雕花格窗撑着，加上地面铺的正方形青砖，以及正中央放着的那只大水缸，都含有中国文化的意味。

　　沿砖砌的台阶登上城楼。那城墙高 10 米，垛堞高 2 米，城顶砖墁，内墙石砌有排水槽，结构合理，气势雄伟。从城楼远望，民居屋顶相连成一片，房舍之中绿树相间，团团簇簇，很有装饰感。把镜头拉近，能看见古民宅具体的细节。古城民居的板瓦，筒瓦铺于泥肯之上，檐部有勾头、滴水，图案丰富多彩；两山顶部施有排水沟、滴，上安垂脊，前端装有垂兽；正脊两端为大兽；烟囱与垂脊相连。烟囱的造型特别讲究，顶部多为设计成屋顶式的，有屋檐、也有屋脊，还铺有小瓦，或者做成动物形状的，很精致，同屋角烧制而成的兽形装饰相呼应，使那些平淡的屋顶一下子变得耐看而有趣味起来。中国古建筑中的带有人物的砖雕、木雕、花格窗雕，以及那些与人为善和仁义道德的故事，既是人文的休现，又起到装饰的作用。同样是建筑中的一种艺术和装饰意味，西方与东方着眼点不同，西方的在于"实"，而东方的在于"意"。"实"是生活的再现，"意"是让你感觉到其中的意味表现，并产生无限的遐想。

古村落 12x15cm 纸本油画

沱沱河

从格尔木出发走青藏公路是入藏最好的一条路线。一则免去坐飞机一下子升到这个被称为世界屋脊的高原雪域所带来的高原反应；二则可以沿线欣赏一路绮丽的风光，并且可以逐渐调节人体对于高山的缺氧现象；再则这种在高原长途跋涉的艰辛也是人生的一种体验。正因为这样，我们舍近求远，选择从格尔木入藏到拉萨。

格尔木是青海的一个重镇。它在版图上和沿海的城市大连、宁波、温州等市一样，用"⊙"来表示。尽管地处西北的格尔木有许多方面不能同沿海城市相比，然而，在青藏公路上却有着不可估量的作用。漫卷的风沙把我们送上了那条长长的通向两山之间的公路。车在不断地行驶，地势在渐渐地高耸，途中不断有塌方，不断有泥石流，也不断有路面与桥梁被水冲垮。路在一座座紧紧相连的山的四围之中盘旋，同时也开始变得艰难起来。路在塌方的乱石中，路在哗哗奔流的山泉中，路在没有路的"路"中。总而言之，路在不断的颠簸之中。

青藏高原的太阳要比上海晚落下近三个小时，因而时近廿一点才渐渐有了暮色，巍巍的昆仑在暮霭中昂然屹立。寒气中凝望灰白的山顶，我仿佛看到了那则发生在西湖边的动人的爱情故事：白娘娘为救许仙，舞着双剑盗回仙草。也许正是爱的力量，使那条充满人性的蛇精抵御住那高天的寒凉，我想，编造那个故事的人一定看到过这情景，至少也有看到过雪山的生活经历。

清泉 25X25cm 纸本油画（局部）

从格尔木到昆仑山口，到二道沟、五道梁，再经长江、黄河源头沱沱河，走唐古拉山，过安多、那曲，一直到拉萨，我们走在这条早已在纸上熟悉的线路上。据同行的人说，二道沟、五道梁高原反应更为厉害，常常有人在这里送命，之所以放下对二道沟、五道梁的恐惧而不顾，是因为心中一直仰慕着中国那两条最为伟大的河流的源头——沱沱河。东方的鱼肚白送走了黑暗，渐渐明亮的天空也带走了理念上对于沟、梁的恐惧。转眼沱沱河到了，那一大片沼泽，那一汪一滩闪烁着晨曦的积水，和无数条细细的、相连的急流就是沱沱河。难道这就是长江、黄河的发源地，这无数条涓涓细流源起而滋润着中华大地，养育了中华民族？难道就是那些不断聚起的水滩孕育着那上下五千年的文化，成为我们今天的骄傲？眼前的沱沱河真可谓貌不惊人。然而我相信，正是那片沼泽，才蕴集了从巴颜喀拉山、唐古拉山涌下的雪水；才汇聚了从沟壑之中流下的条条涓流；才会有通天河的汹涌、金沙江的澎湃，以及长江的滚滚东流。刚出地平线的太阳把汽车的影子投在那片源头上，影子在高低不平的土坡上颠颠簸簸地移动着，像是在源头欢乐地歌唱源源不断的东流水。摇晃中我忽然想到，世界上的事情是很有哲理的，有些并不给人看上眼的"小"，却能成其"大"，如果要是有一堆干柴，那么只要有一丁点火星，就会燃成熊熊的大火。

林间 25x25cm 纸本油画（局部）

渐 25x25cm 纸本油画

坝上草原记

从上海到坝上，气温一下子降了十几度，像是跳出火炉走进了清凉世界。"坝上"蒙语是高原的意思，无怪乎温度会大幅度降低。对于高原我并不陌生，比方说四川、西藏、内蒙等地，在那些草原上都留下过我的足迹。那一望无边的草甸，或山峦下起伏的植被丰盛的土坡；那高低不平的沟壑，或乱石杂置的浅滩等等，都蓄存在了我的审美记忆库里。

塞罕坝上，木兰围场是当年皇上狩猎场所。有山，燕山山脉雄浑、阳刚之余韵；有草，坝上草原星星点点之野花一望无际；有水，海子，湖泊镶嵌草地，尽透优雅之风韵。那里是河北，内蒙交界的一道亮丽风景。

我们乘坐越野车进入坝上草原，去领略这里别样的风采。吉普先是公路行驶，不一会儿就拐向了泥路。车开始颠簸起来，一会儿俯冲而下，似乎开在河床上，在乱石中加足马力，在浅水里横撞，溅起水珠如同惊涛拍岸；一会迸足力气上坡，沿着草地上压出的车辙，在起伏的山坡上行驶，坡的弧度一般不大，和沟壑的激烈相比，显得较为平缓。

坡的弧线常常被团簇灌木打破，又或一棵小树孤立其间，使之静寂中产生舒缓的节奏，让眼前简约的景色化作成一片诗情。我忽然想起"天然去雕饰"的诗句，灌木自然地随意生长，只是因为灌木，小树划破了那条弧形的天际线，竟天然成了绝妙的审美。穿过那片桦树林便是广垠无边的草原，看芳草长到天边，草甸上开满了无名的野花，点点缀缀，或连成片，或聚于块，犹如绿毯中绣上了七彩图案。忽有棕色的马群在连天的绿野中悠闲地散步，那种画面，那般情调，像是美国画家安德鲁·怀斯笔下的油画。

夏日的坝上，有其独特的意味。凉风习习掠过，惬爽之意在心头；蓝天飘浮白云，遐想跟着云彩游；雷雨时而从天降，水珠海泡子中跳跃；雨后阳光覆照，草原尽处水气冉冉，虚虚蒙蒙浮起海市蜃楼。如此之景，如此感受，在城市水泥森林中又如何体会得到。

摄影界朋友经常推荐我去坝上。说是秋冬之交为最佳，此正天下五彩缤纷之时，万物辉灿萧瑟之际。那里的色彩，成了摄影的焦点。色彩艳丽的秋天我们没能去，而却在绿郁葱葱的盛夏来坝上，似乎少了缤灿，少了萧瑟？其实不然。或说十月金灿，满目生辉的秋，较之于青翠接连绿波涛的夏，谁最艳丽？或说芳甸野花到天际，较之于无边落木萧萧下，孰为优劣？很难评述。其实也没有可比性，上苍造物，各尽其能，各司其职。亦并非多了谁，也不能少了谁。譬如天分四季，各有其妙，春山澹冶而如笑，夏山苍翠而欲滴，秋山明净而如妆，冬山惨淡而如睡。每个季节都有我们的审美，至于选择什么？全在于自己。

大千世界，无奇不有，无所不能，凡存在的便是合理的。我觉得世上有许多东西不必比较，"比"是一时的。而"不比"却是永恒的。

草色 25x25cm 纸本油画（局部）

三进沙漠看落日

利雅得西行四十多公里，便是峡谷。这是去红沙漠的必经之路，峡谷横亘沙漠，高岩深壑，来去的高速公路像两把利剑劈山而过。远望山岩疑为泥土而垒，山上草木不长，阳光下一片金黄，无一丁点绿色，让人望而生畏。近看岩石斑驳，层层重叠，或竖石高低排列，碎石裸露，或若刀削峭壁，沟壑万丈。忽而前方一川沙砾，不见尽头，惟有簇簇骆驼草装点，以及离群的单峰骆驼奔跑，使之静寂中添上几分生机。

太阳已经西斜，那辆尼桑轿车正带着我往红沙漠驶去。不想还未到峡谷，车就不断地抖动起来，于是靠边停车检查，司机小谷下车在轿车的周围兜了一圈，同时用脚踢了踢几个轮胎，没有发现什么问题。继续前行，我们开始闻到橡胶烧焦的味道，但此时，车正在大峡谷很陡的斜坡上，无法停下，正减速时，只听得"嘭"的一声响，车身倾斜，与之同时车子发出"哐当"，"哐当"的声音，我知道是轮胎爆了。恰巧，一辆高速公路上的专门处理故障的车驶过，看到这种情况，便停下将我们的车拉到了前方的加油站里的汽车修理厂换轮胎。这一折腾，赶到沙漠时，无奈，山黛日沉昼已昏。到了沙漠却没有看到落日。

第二天，同行的沈先生看我无精打采的样子，便已知我的心思。他对我说，他们要去利雅得郊区的农场办事，那农场与红沙漠在同一方向，等办完事返回时，估计是黄昏时分，到时大家陪你一起去。这一下，我又高兴起来。

一路上，照例又看到峡谷，然感觉却和昨天不同。车在高速公路上行驶，每小时一百二十公里以上，远远地瞧着那一座座平顶的山岩好像并不见动。我琢磨着这景色昨天与今天的感觉不同的原因。看着天上的云层飘忽，山上的投影移动，我忽然悟到，是阳光的照射而使峡谷千变万化。车在飞速地跑，想不到，去农场来回竟走了二百多公里。等到返程时，太阳已经快沉到沙丘的峰顶了。于是，我看着沈先生，沈先生看着我，大家回头望着落日远去，相对无言，第二次去沙漠又没有看到落日。

俗话说，过二不过三。第三天，我只身带着司机，单骑闯沙漠。语言不通没关系，只需用上"GO"，"STOP"两个极其简单的英语单词就行。我说"GO"，他就开车，做个手势就是转弯，说"STOP"就停，就这样悠悠地上路了。很容易也很简单到了必经的峡谷，反正太阳还老高，索性停车下来，可以安心地欣赏这里的峡谷风光了。看着太阳朝西面滑去，我们的车也好像是在跟着太阳往沙漠里跑。这一路上一会儿"GO"，一会儿"STOP"，一边走，一边拍，好不自在。

快到红沙漠了，太阳光已经呈现橙红色，浓浓地洒在沙丘上，和赤裸的山岩上，色彩浓烈得像是油画。远处一根根竖立的山峰，绯红色的夕阳照在上面，像是几个喝酒上脸的汉子，歪歪倒倒地互相支撑着。此地实际上已经是红沙漠地带，故而眼前是一片寂静，一片起伏的红色，然却又是一片的单纯。我不断地举起相机，贪恋地看着，忘乎所以地拍着，待我走回车上，想继续往沙漠深处挺进时，只见前方一辆"奔驰"慢慢地开到我面前停下，车上下来的是一个沙特阿拉伯的警察。他说的话我不懂，我说的话他也不懂，但我已明白他的意思。因为沙特阿拉伯这个国家规定，在他们那里是不能随便拍照的，就连这没有人烟的沙漠也不能拍。尽管司机也下来用阿拉伯语同他论理了半天，但无济于事，于是我只好打开相机，任他一下一下把胶卷拉出暗盒。

此时，四周已是一片绯红，红沙漠沉浸在夕阳之中。看着太阳慢慢地落到了沙丘的后面，我没有再拍照，只是在沙漠中享受静寂，体验纯真。尽管被警察拉掉了一卷胶卷，但我看到了能够告诉我们静寂和纯真的红沙漠以及沙漠落日。

黄泥坡 25x25cm 纸本油画

札幌的雪

到札幌时天还好好的，只是有点寒意。不想，第二天一早我拉开窗帘一看，山坡、房顶、地面已是皑皑一片，像是梦境一般。

札幌从昨晚起便开始下雪，而且纷纷扬扬地下个不停，这对于地处北纬四五十度的北海道来说，并没有什么了不起。然长年生活在江南的我，能看到如此的大雪，却也是难得的。

我和女儿决定去札幌南区的野外美术馆，那里有山，还有森林，我想雪景一定很好看，于是我们坐地铁，换巴士前往。大雪纷飞，车上几乎没有其他游客，车到目的地时，竟然只剩下我们两人。下车立定，抬眼望去，遥看四处一片茫茫，但见白雪纷扬交错飘落，房舍森林寂然肃立，风雪中虽是萧飒迷蒙，却也气象万千。

积雪已经覆盖所有的道路，我一高一低踏雪跑去，身后留下一串脚印。回头望着雪地上一个个印痕，有点大小，有些歪斜，也能感觉出深浅，然我却能体会其中的趣味。那种自然的印记，节奏的韵味，以及白雪同脚印的黑白对比，这是大雪所赋予的。倘若你在一个虚拟的铺满白雪的平台上摁上一串脚印，那印痕一定缺乏生气，不会生动，因为那是人工的，概念的。如果拿它和雪地上随意走出的脚印一比，那么，自然中所蕴含的美意就显出了魅力。雪还在继续地下，眼前只是一片白色，那树干、灰墙在白雪的映衬下成了黑色，天地间仿佛只留下了黑、白二色。我忽然悟到天地乾坤间黑色与白色的气

场是最大的，那气势中所含的诗意，涵涵大气就在这黑白之中。有时偶尔也会遇上树枝上残留的黄叶，或者是房舍暗红的墙面，如果在银装素裹中夹入这黄、红等颜色，那种色调绝对是妙不可言的。坡上有积雪，山上也有积雪，雪像是个雕塑家，这随手一塑，山、川就变了模样，也好像把放在野外的雕塑又进行了重新的塑造。坡上有房子，西洋的风格，屋面很大，造得很灵巧，上面积叠了厚厚的白雪，像是童话中白雪公主的小屋，坡上还有松柏，在白雪下透出墨翠色，雪地中有两个人顶着飘舞的雪花向往小屋走去，身后也留有一串脚印。这青松、小屋、风雪归人，还有空中飘动的雪花，雪地的脚印，构成了一幅我们常能在圣诞贺卡上看到的画面。我留心看着这雪飘的姿态，真可谓变化多端，想起有人形容下雪为"漫天飞舞"，这是有道理的。其实，雪花的舞姿全为风之所动。自然的风引起自然的审美。风大，雪飘亦急，或左或右，急切飘动，弥漫一片，沙沙作响，比起雨声，更有一种神秘之感。风缓，雪飘亦柔，悠悠地轻盈地舞动，像是一个风情万种的姑娘。这是札幌的雪，这也不仅仅只是札幌的雪。

然札幌的雪带给了我许多审美愉悦，我想，那是自然所给予的。我们常常在自然中获取种种审美的经验。比如雨点落水泛出的涟漪；黄叶脱枝飘悠的弧线，又比如溪中曲折流水的欢唱；枝丫划向天空的交错，还有札幌那风中飘舞的雪花姿态，和雪地中留下的一溜串脚印。

候 90x120cm 布面油画

回望伊斯坦布尔

回望伊斯坦布尔,不知此时是在欧洲,还是亚洲,又或是你站在带有索缆的欧亚大桥中央,那里既不是欧洲也不是亚洲,他们说,那是在天堂。

其实,坐落在博斯普鲁斯海峡两岸,横跨欧亚大陆的伊斯坦布尔,就像是天堂一般。如果有一个制高点四处眺望,一不小心就会看见蔚蓝的海,海水蓝得透彻,蓝的爽心,蓝得难以形容,蓝得让人生出浪漫的情思;抬头望望天,天也是蓝色的,那是鲜活透明的蓝,与之海水的蓝,也许少了点深沉,但却使人因此而心旷。蓝色的海因为有黑色和橙色杂交的游轮,和白色的快艇,以及海鸥的飞翔来点缀而变得像诗,像画。洋面上飘动的白色的桅,星星点点散落海峡,像是一颗颗烁亮的宝石嵌入其中。蓝色的天因为有密集的交织着欧亚民族色彩的屋顶,高高低低地铺满每一个山坡,再加上遥相呼应的清真寺的宣礼塔和起伏的圆顶,使这里的风景一下子生动了起来,从而构成了一条极具变化而耐看的天际线。

从爱琴海驶向马尔马拉海,渐渐地靠近了伊斯坦布尔。似乎能闻到蓝色天空下鳞次栉比的房舍间,远远飘出的一缕缕咖啡和香料混杂的香味。忽悠一瞬间,代表着一座城市标志的圣索菲亚大教堂已经在青紫灰的晨曦中逐渐隐现它的巨大的圆顶轮廓,浑然而

大气,敦实而又厚重。经历了拜占庭、君士坦丁、东罗马,又或者是辉煌一时的奥斯曼帝国,千年的岁月沧桑印证了历史与文化。历史这一路过来,尽管光阴流逝,时代变迁,圣索菲亚大教堂依然坚如磐石,岿然不动。而今的土耳其,哪怕只是单单拥有圣索菲亚大教堂,就足以使伊斯坦布尔笑傲天下了。圣索菲亚大教堂承载着沉甸甸的历史,重重地镇住这一方水土。

忽而海天之间有阿訇的祈祷声传来,循声而寻,贴满伊兹尼克蓝瓷砖的苏丹王阿赫迈德清真寺就在眼前。因为蓝色瓷砖的光彩,所以又叫蓝色清真寺。遥看三层重叠的圆顶,如同浮云层层升高,六座高达四十多米的宣礼塔像一把把利剑刺破天空,恢弘、壮观之景会一下子把你给震慑。从古希腊到四四方方的靠成排圆柱支撑大块面屋顶开始,到古罗马时代研究出混凝土之类的黏合材料,造出了浮云般飘忽的圆顶,直至拜占庭建筑师发明了以角柱、圆拱、扶壁、小圆顶等设计来支撑和分担中央穹窿重量的建筑模式,这些看似建筑的演变和发展,其实,它的外形结构、形状变化等等和古希腊、罗马的文化、哲学、宗教、理念,以及雕塑、壁画、镶嵌艺术等等都是有一定联系的。建筑本身就是文化、艺术的体现。

红屋顶 50x70cm 布面油画

巴塞罗那的阳光

巴塞罗那的阳光是灿烂的，透明的。无论是老哥特区历史久远的中世纪大教堂，还是宏伟的、富有想象的高迪建筑；无论是蒙锥克的艺术馆、博物馆，还是奥运会场馆、世界杯赛场，以及巴塞罗那的足球俱乐部；无论是委拉兹开斯、毕加索、达利、米罗、塔皮埃斯等大师的足迹，还是他们的作品等等。都被地中海金灿的阳光照耀得熠熠如辉。

是阳光的璀璨，相映建筑的辉煌，或抑是阳光的哺育，闪烁艺术的光芒。巴塞罗那不能没有阳光，也不能没有建筑，没有艺术。

奥林匹克体育场的建筑静静地立在半山腰中，看台的一部分被阳光照着，一排排椅子就有了斜斜的影子，一层叠着一层。仿佛能感觉到当年浪涛般起伏的欢呼场面。一根根高高的旗杆拉开一条条长长的投影，抬头把目光移向杆顶，阳光下仿佛还飘扬着各国的旗帜，奥运的精神依然在体育场上空荡漾。马路对面是米罗美术馆，方方正正的建筑不显张扬，四边平整的草坪，更觉朴实无华，这里没有花里胡哨的加上许多所谓"艺术"的附加物。星期一美术馆闭馆，没能进去看米罗的作品，但门口一尊真人大小的米罗的雕塑，正沐浴着阳光，迎接着远方的客人。雕塑沿袭的还是他的绘画语言，把天趣融入立体的形象之中。草坪同建筑物之间有一棵小树，金黄的叶子稀疏地挂着，树影映在白墙，不知怎么，阳光竟让它们之间产生了和谐的绘画审美。

哥特区是巴塞罗那的老城区，迷宫般狭狭的"台格路"街，街边竖有老式的灯，街上也有阳光照射，光影投在刻有岁月的门，透出几分历史，几分神秘，光影亦投在街面铸有各式花纹，也同样记载着历史的窨井盖上。如果稍留意小街靠墙的窗并朝里望，借助户外的光线能看清是一座地下的城市废墟，断墙土堆边上能清晰地看到一条条街道，这是罗马帝国和西哥特王国时期的街道。巴塞罗那的哥特区是一座城市博物馆。走过巴塞罗那大教堂，往东就是皇家广场。此广场原本是巴塞罗那伯爵宫殿庭院。远远望去，其主楼的一座规模颇大的弧形台阶引人注目，当时，费迪南国王与伊莎贝拉女王就在这台阶上接见了那位航海到美洲的哥伦布。我不知文献记载中接见时在什么时间，我想，那一定是一个阳光洒满台阶的下午。五百多年前，巴塞罗那的老城区也一定沐浴着地中海的阳光。远处闻得教堂正敲打着的钟声，一响接着一响，沉着、悠长、荡气回肠，仿佛连接着五百多年前的夕阳。

忽然，狭小的街巷中传来一阵低沉的女中音，寻声而去，老街空地上有一中年妇女在歌唱。只见她微闭双眼，两手紧贴胸前，忽而高昂，倏然幽婉地把歌声悠扬。与之广场上的鸽子在空中飞转。并融合在广场四周的建筑，哥特式教堂的尖顶，以及暮色的光照中。女歌手在阳光下把心中的阳光带给了我们。回身看去，高迪把一弯一曲的符号介入横平竖直的建筑上；达利在维纳斯的躯干上开了抽屉；毕加索用立体的理念，把侧身之人并不可视的另一只眼睛置于平面之中；塔皮埃斯能用一堆乱麻变成你的审美对象。我想西班牙人也正是在阳光下创造和发挥了他们无限的想象。

如果你能去地中海走一走，你一定会感到西班牙人的热情、激昂、豪爽、奔放，以及浪漫艺术和想象力同巴塞罗那的阳光有关。一位在巴塞罗那生活了二十多年的中国朋友说，在这里，什么都能带回去，但带不走巴塞罗那的阳光。

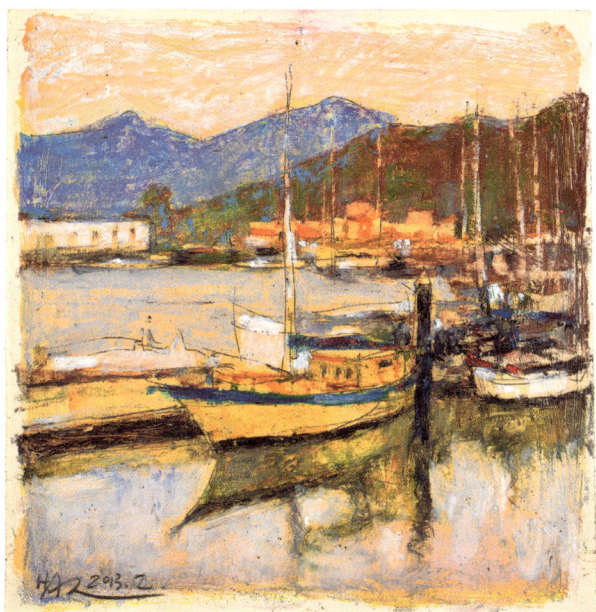

游艇码头 20x20cm 纸本油画

海湾 20x20cm 纸本油画

167

希腊——白房、碧海的梦

　　希腊有大大小小的一千多个岛屿，像是上帝随意撒出的一把珍珠，星星点点布满在爱琴海中，把蓝色的海镶嵌成一道道让人失魂的风景。

　　埃伊纳、波罗斯和伊德拉是其中的三个小岛，地处爱琴海的萨罗尼克海湾，离首都雅典不远，游艇一天能打来回。埃伊纳岛弥漫着远古的气息和千年海风冲刷的海腥味，白色的房子在绿树浓郁之中，一幢连着一幢，富有审美的布局，悄然融入于漫无边际的大海。岛上有阿帕伊亚神庙遗址，距今二千多年，一根根圆柱排列着，在蓝色的天空映衬下，呈现出一片带有暖色的灰白，登于此，会不由想起你所知道的希腊神话。波罗斯岛到处是具有地域特色的白色的房子。沿白色的台阶攀登，立停俯看横七竖八的橘色屋顶，很有绘画形式感。居民庭院里的花鲜艳欲滴，不着一点尘土，白色的围墙带有投影，随山坡起伏，节奏也由之而生。这里的白色被点缀在爱琴海的蓝色中，融合了浪漫、充满了温情。

　　伊德拉岛面积不大，但别具风情，小巧的港湾后面是精致的小镇。镇上规模大些的房子是十八、十九世纪修建的，属于典型的地中海风格，而一般民居大多数是威尼斯和吉诺亚的建筑师运用灰白色的石头建成，那种白色房子引人注目，和到处显露的大块石头极为协调。伊德拉小镇上的白色房子，简洁、明快，有些外墙的涂抹很粗糙，泥板随意刮出的沙粒痕迹，像是油画中经常使用的肌理。岛上有海风，所有门窗都用木板钉成，板面也不刨光，保留着原生状态，朴素而自然。小岛上也到处可以看到花，大都漫不经心地种植在粗陶罐里，任凭它们带着艳丽爬出墙外，那任意涂抹的外墙，粗糙的木板，和被阳光过滤的白色，与门前或路边精致的铁栅栏以及灿烂的小花这么一搭配，就有了画意与情趣。岛上的阳光强烈、透彻，沿坡而上的白色小巷被光影切割成无数的趣味，两只眼睛蓝篮的黑猫，悠悠地一蹲一卧在台阶上，又在这柔和的白色中增添了审美的理由。或许，白色是希腊的象征，是希腊的梦。

　　我所去过的那三个小岛的周围都是海，海水在阳光的折射下，呈现出墨蓝、翠蓝、绿蓝、紫蓝等不同色相的蓝色，岛与海的上空也是蓝，湖蓝、钴蓝，又或是粉蓝，蓝得那么纯，那么透。实在无法再在这个"蓝"字前再加什么前缀了，难怪有个诗人说，希腊把全世界的蓝色都用完了。

岛的周围常常停靠着一艘艘白色的小船，像是几何图形般地摆放在港湾。居高望下去，白色的小船同蓝色的海相间，像是一幅幅装饰而又抒情的水彩画。遥远的海平面上忽而有飘动的游艇，船体是白色的，桅杆是白色的，帆也是白色的。游艇顺风驶来，在蓝色的海面上划出一条白色的线，偶尔有几只白色的海鸟在追逐渐渐逝去的白色的浪痕，白色的游艇靠上小岛，白色的细浪紧紧跟随，一个接着一个，拍打嶙峋的礁石，亲抚着静寂的沙滩。如果说希腊把全世界的蓝都用完的话，那么，爱琴海则把所有的白色都用活了。

　　希腊小岛的民居以白色为主，这是世界上最为纯净的色彩，极目望远，视线的尽头是海平线，天的蓝色是透明的，海的蓝色是深邃的。我忽然悟到，在希腊，这白、蓝两色的搭配，是最纯最佳的。在希腊，这白色的房子，蔚蓝的海，是诗，似画，亦成梦。

光影 100x100cm 布面油画

水城威尼斯

　　威尼斯已经很老了，运河边上的房舍的墙壁也已斑驳。几百座连接本岛的桥梁横跨在交错的运河上。其铁栏杆、花岗岩被磨得光光的，脚下的大理石和引桥的台阶也同样留下了历史的印痕。那河道狭窄，河水也并不怎么清澈，但有水就会有气息，这绿绿的水无息地流淌着，充了灵气。

　　好些年前，我看过一部叫做"威尼斯面包师的儿子"的片子，是意大利的，故事情节早已模糊，但镜头中的威尼斯却深深地印在脑子里。那晨曦中的桥埠老墙中的窗台，以及窗台上搁着的那盆黄玫瑰，在细微的雾粒下显得那样耐看，那般诗化。

　　三月的威尼斯有灿烂的阳光，古老的建筑沐浴着阳光，袒露出斑驳的墙面，留有的岁月历历在目。水边人家多为拜占庭式的拱门和配有漂亮颜色的窗，或蓝绿，或黄棕，与之灰墙面形成强烈的对比，就是因为有了这几块纯色，使得画面很有油画的调子，变得装饰起来。除了那些主干河道外，还有支支叉叉的小水道，像是网络一般交错着这个城镇。阳光下平静的水面冉冉浮起水气。"刚朵拉"划过水道，把门、窗的倒影分割着，像是对着阳光在看五彩的万花筒。绿水悠悠地在狭窄的水道中流动，时而穿过红砖砌成的老桥，铁件铸成的栅栏；绕过用来栓船的木桩，在水面闪出一个个圆圆的光斑。流水拍打着那些老建筑的墙根，哼着唱着向前滑动。这时我想起我们家乡周围的江南水乡，那里有黛瓦粉墙、青石板小巷；悠悠荡荡的河水，顺水驶来的乌篷小船；沿河的廊棚，河水尽头的一片芳草。也像是诗，也像是歌。有人把这江南水乡称作为"东方威尼斯"，而当我站在威尼斯的小桥上时想，这里不就是西方的江南水乡吗，况且，我们有些水镇的历史远远比威尼斯悠远得多。或许，这水是从遥远的东方流到了这里，而后又向荷兰的水城阿姆斯特丹流去，载着情趣，载着艺术，从东方流到西方，又从西方流到东方。

　　威尼斯保存的历史和艺术又远远比我们完善得多。早在佛罗伦萨诞生文艺复兴运动时，威尼斯的文化艺术就欣欣向荣起来，除了有多纳泰罗、阿尔内尔蒂外，还有丁托雷托、乔尔乔内，以及提香和他的威尼斯画派。在威尼斯还有沿大运河而造的圣马可广场、教堂和钟楼。这些富有中世纪哥特式和拜占庭风格的建筑，从某种意义上来说，是艺术，同样也凝固了历史，那些威严、壮丽的建筑无疑是威尼斯的标志。广场上那高达九十多米的钟楼又敲响了洪亮、悠扬的钟声，余音间隔在一下一下的声响之中，很有韵味，让人油然而生一种旷古的思绪，停在广场中的鸽子随着钟声四处飞起，布满了蓝色的天空。

　　威尼斯到处有精致的玻璃制品出售，造型奇特，颜色鲜艳，一经阳光照射，便有闪烁。尽管那昔日的繁华贸易不再，那帮助十字军东征的盛气不再，但它恒常不变地保持着的那种盖世无双的自然环境，以及高度的文化、艺术，仍吸引着世界；尽管威尼斯面临辉煌宫殿建筑的被侵蚀和水位高涨的严重威胁，但世界各地的人们向往着威尼斯，那是一个永远不会下沉的梦。

夕阳 80x40cm 布面油画

邂逅拉罗谢尔

拉罗谢尔是我们去法国北部和大西洋沿岸采风的一个点，原计划走过路过，观光一下作罢，不想，却被安排在这里投宿一夜。这样，我们便有更多的时间逗留。

来到拉罗谢尔是下午四点，太阳还老高老高，法国的夏季日特别的长，晚上九点天刚刚开始暗下来。一进城就发现这里有好多与众不同的地方。一是道路狭窄，大巴无法转弯，轿车和自行车可自由出入，故而我们的大巴在广场停车，步行到酒店；二是街道两旁有中世纪样式的廊棚，这种廊棚和我多年前在意大利波洛尼亚见到的街廊不同，波洛尼亚的宽且高，上海金陵东路那一段街廊和它相似。而拉罗谢尔的街廊低、矮，廊柱间无意的连接成拱门状，倒也不失为一道风景；还有那里的道路多为单行道，仅限一辆小车通行，其宽度只消三、四大步便能跨过，对于逛街非常便利。

沿站前大街步行不用十分钟就到旧港码头，观海无疑是这个滨海城市的重要看点。旧港入口的两座塔楼相对而望，遥相呼应，较高的那座是圣尼古拉塔。其庄严的外观有一种坚不可摧的力量，另一座圆形的塔楼为当年的火药库。为防御外来的侵略，两座塔楼有大锁链封锁旧港，一般海滨城堡要塞都有这样的功能。

如今，这里已经成为这座城市的标志，成了一个观光必游的景点。城塔也不再储存火药，改成以售各类书籍为主的卖品部，还有城市风貌的图片。阳光从城堡的小窗射入，金色的光正巧照在一张张明信片上，闪出拉罗谢尔小城的另一道光芒。

跟着熙熙攘攘的人群绕塔楼一圈后，就步入了沙滩。太阳慢慢西下，粼粼波光在海面闪烁，耀得眼睛睁不开。游客充盈，人头攒动，天气虽已开始热起来，水温却还有凉意，然亦有不怕冷者在海里扑打，一片欢腾。我们在海边喝着茶，静静地等太阳落山，侧耳听，空中不时有器乐声悠悠地传来。

待回广场时，那里已聚集了一堆堆自发的人群在演奏、敲打，欢唱、歌舞，热闹非凡。问原由，这是拉罗谢尔一年一度的音乐节，刚好让我们赶上。旅行常常有不期而至的邂逅，那是一种缘份，那是一道惊喜。当余晖全部收尽时，万人空巷，整个城市沸腾了，聚集的人群分不清是本城的，还是远道而来的邂逅者。我们这些匆匆的过客亦融入其中，并演排成一个富有东方色彩的千手观音舞蹈，翩翩起舞间，竟引围观的老外纷纷拿起相机"卡卡"地拍个不停。法国的夏季，天之蔚蓝有一种透澈的深邃，蕴藏着美好明天的期望。和着乐曲，我们一路唱，一路跳，在狭窄的街道旋转，一个比一个转得快，飞舞的身影都留在了深邃的蔚蓝中。

仰望拉罗谢尔邂逅的星空，我憧憬，明天还会遇见什么呢？

拉罗谢尔的海边 21x28cm 纸本油画

泊 21x28cm 纸本油画

塞纳河畔匆匆走过

在塞纳河畔行走，不时会有身材修长穿着黑色风衣的法国女郎匆匆行走，像是一阵春风掠过。在国内看过一部叫做《街上流行红裙子》的电影，说是那时正流行着红裙子。我留心看才发现，在巴黎街上流行的是黑风衣。巴黎街上的男人、女人们的服装不花里胡哨，大致的色调都以黑、白、灰为基调，偶尔也有纯色，如红、黄、蓝等等。那些服饰的颜色组合类似一些当代法国画家笔下的色调，它们的节奏、韵律、气息不会是一时的流行，也许，那是永恒的色调。其实，服饰同民族的历史、文化、艺术，以及人们的素质有着极大的关系。

同历史、文化、艺术相关的还有街道、建筑等。在巴黎大多数建筑是老的，而且还有许多雕饰，尽管有的刚装修粉刷过，但仍保持着一种历史的沧桑。我们住的那条街离塞纳河很近，远远望去可以看到巴黎里昂火车站的钟楼建筑，那钟楼似乎更有些年代，像是画中所见。街两边有很大的树，高高的，不像是梧桐，叫不出名字，树枝密密匝匝地交错，与两边的建筑形成一种虚实的对比。这一切都很入画：从好几个角度眺望，这些建筑、树木、街道等，都可以构成一幅幅生动的印象派油画。

巴黎的建筑从来都是领导世界潮流的，并懂得追求建筑的新目标。从拉德方斯的巨门到卢浮宫的改建，从哥特式的创建到艾菲尔铁塔矗立以至蓬皮杜艺术中心的崭新设计，都代表了一种新的观念。如果说建筑是凝固的艺术，是不朽的文化，是传世的经典的话，那么，法国人并没有固守着旧的艺术、文化和经典，而是在不断地创造艺术、文化和经典。

塞纳河畔 19.3x27cm 纸本油画

鲁昂大教堂和莫奈

　　去鲁昂圣母大教堂那天雨下得很大，法国北部的六月天常有袭来的阵雨。待快到时，却神奇般的说停就停了，远远地能看见耸入云端的尖顶，在云层中闪出呈冷翠绿色的光亮，显然，那哥特式的三角顶是青铜铸造的，让你感觉到有一种历史的印痕和岁月的厚重。

　　西方教堂一般都建在城镇街衢汇聚的中央，圣母大教堂亦是。从一旁小街拐入广场，教堂的全貌就在眼前了，或许是高，仰头才能看到似触摸天穹的尖顶。台格路边竖一斜斜的牌子，上面印着印象派画家莫奈的作品《鲁昂大教堂》。因为他的那幅在勒阿弗尔塞纳河入海口画下的题为《日出·印象》的作品，而奠定了西方绘画史上具有重要章节的印象派的命名；也因为他在这里耐心地不厌其烦地画下了二十多幅，且大小差不多而色调不同的大教堂，使之那座工业城市增添了艺术的元素而名声大振。为此，在这一百多年里，招来了游客，旅游者，摄影家，艺术家等到这里。他们来此或许是做礼拜，朝圣，或是到此一游，我想，或许更多的是来瞻望的，来看一看这位印象派大师笔下的教堂，是依照何等模样的摹本完成的，以及那座大教堂又有什么样的魅力触发了它的灵感。奇怪的是莫奈画的有二三十幅之多，而且构图大同小异，千遍一律，在画中方形的建筑充实画

黄昏 23.5x30.8cm 纸本油画

渐暮 20x20cm 纸本油画

面或一角，或中，或左、或右，其空隙处画下高低、大小不同的尖顶，以此构成一条外形各有不同的天际线。但是，不知什么原因，我们却没有觉得单调，而是百看不厌。不管是那些竖构图的，色调不同的教堂独幅单挂，还是数幅并列展出，都有他的效果。我想，这大概是那条美丽的天际线，或者是晨、夕、阴、晴的不同色调，又或是最重要的是画家巨大的心象呈现，而打动我们，使之再不会去在乎那些多为相同的构图。

印象派画家注重野外写生，无论毕沙罗、西斯莱等，当然也包括莫奈。他们的创作方法更体现了生活和艺术的关系。在一大批印象派画家当中，莫奈在自然中汲取的是"心象"。这种"心象"的体现，是因为当年的印象派崇尚东方的"写意"精神所为，而在莫奈的画中有更多的表达。

我们是在雨天走过圣母大教堂的，那种虚虚的蓝紫色罩在大理石雕凿的门框、窗槛上。这色彩似乎能在莫奈画的教堂中看到。教堂的门、窗栏安放了许多类似我们徽派建筑中的镂空砖雕，远远望去有一种繁琐的堂皇。忽而，太阳露脸，光照雕饰，又有灿烂的视觉，那些灿烂的色调又在莫奈的画中能找到。莫奈的《大教堂》的创作，和鲁昂的圣母大教堂有着密切的关联。我想莫奈的"写意"和"心象"，一定是在久久观望教堂后得到的。也正是莫奈的"心象"让我们观看他的教堂作品时会每看每新，百看不厌。

在离开鲁昂的路上，自然生活中的圣母大教堂和莫奈笔下的大教堂在脑海中更替闪现。随即琢磨出一个道理：自然生活必定是艺术审美的源泉。

莫奈花园 18x25cm 纸本油画

轻轻地，别惊动了莫奈

睡莲盛开的季节，鲜花也开满了整个吉维尼小镇。莫奈花园就在这个镇上，一个鲜花拥簇的花园，一个栽满睡莲的池塘。他的庭院不过是普通的庭院，因为画家展开了调色板，把池塘的"精灵"呈现在了画布上；把垂柳映入水中的韵味再现了出来。这里便成为全世界的向往，成了艺术朝拜的圣地。

莫奈的艺术活动似乎都离不开塞纳河，离不开他一辈子的无止境的光影追求，从勒阿弗尔港口到埃特勒塔的断崖，从鲁昂大教堂到翁弗勒尔，都留下了他的足迹和作品，以塞纳河流域为丰颖的创作贯穿了一生。最后，他落定吉维尼，按其地理位置，亦归为塞纳河流域，当他有了花园，池塘和睡莲，就是那个水中的精灵后，便以此睡莲为创作母题，并绽放出生命的辉煌。

我仿佛看到，莫奈在日式的蓝色或红色的弯弯的拱桥上踱步，思索着田田圆叶和倒影之间的韵味，蓝天在水中翻出的精灵；他气闲神定地端坐在杨柳埂岸，沐晓风，看残月映入，紫色的朦胧展示了暮色的精灵。"精灵"成了他生命的全部，成就了他生命的意义。

巧合的是，睡莲在法语中读作"Numpheas（南菲阿）"有"水中精灵"之意，冥冥之中好像是上帝指派他来找出"水中精灵"似的。或许，他与生俱来就具备了这样的气质和能力。早在勒阿弗尔港口，他就画出了日出的意象，在晨雾朦胧中找到了韵味；在埃特勒塔的断崖上，找到了纵横交错的笔触；在鲁昂大教堂前，捕捉到了阴、晴、暮、夕的色彩，融合在心中，并挥洒到了画布上。

一百多年过去了，当年他走过，画过的地方，都竖起了一块块牌子，上面印有此时此地画的作品，并写着克劳德·莫奈1840—1926。他为艺术赢得骄傲，为法兰西赢得荣誉。于是络绎不绝的人群从世界各地涌向莫奈曾经去过的地方，最后又流向诞生"精灵"的地方——吉维尼，莫奈花园。人们几乎是排着队挨个走过花园，穿过通道，踱步拱桥。在瞻望，池塘中的水流动着，漂浮着团簇的睡莲，静静地闪动涟漪等待着。熙熙流动的人群在拱桥上看莲池的水，默默流动的水，携着"精灵"在看桥上的人。桥上的人说，我们千里迢迢过来向池塘致敬，向"精灵"致敬，向莫奈致敬；水中的精灵对桥上的人说，轻轻的，别惊动了莫奈。莫奈正坐在窗口，看天上飘过的彩云，看夕阳落在花上，落在水中。

我轻轻地打开门，不想惊动莫奈。只想在这繁华竞开的园中，采撷百年前芬芳的记忆，并把这"水中精灵"带到东方，开遍每一个池塘。

画　语

初夏 25x25cm 纸本油画

　　当你跨过哈拉哈河，穿越草原，走进内蒙古的阿尔山时，眼前那一望无际绿到天边的犹如织毯般的草地，那一滴滴清澈透凉的犹如晶莹般的山泉；那蔚蓝的天，那变幻的云；那一亿五千万年前经过火的冶炼而留下的裸露在山体外的岩石；那遍野开满黄的、紫的、白的、粉色的小花，以及幽深、绿邃的桦树林等等。都会给你留下久久不能忘怀的梦萦。

我曾登上吴哥的巴肯山看落日，那是一座小山，当年的宫殿就坐落在山上。如今，从散置的石块部件和歪斜的矮墙，还有一层层叠向山顶的类似金字塔般的建筑来看，能想象得出其雄伟的规模，和恢宏的气势。满山的旅游者坐在神庙的废墟石块上，层层叠叠，一个个远眺着西方。太阳缓缓地落下，一派静穆而神圣。渐渐地太阳垂在一片稀疏的灌木树中，一缕最后的灿烂，落在了几根石块堆砌的立柱上，那一瞬间的意境，让人肃然起敬，并留卜永远抹不去的记忆。

吴哥夕照 100x100cm 布面油画

海湾 25x25cm 纸本油画

　　戛纳和尼斯最美的地方是那条能望见白帆、游艇的海岸。站在海岸看从海平线上跃起的太阳和布满天空的红霞；踱步在沙滩上看拍打在礁石上的浪和飞溅四处的浪花。这些自然之景都很有审美的趣味。往远处眺望，海是蔚蓝色；朝近处俯看，沙滩是金黄色的。停泊在石岗旁的游艇是乳白色的；座落在海岸边的鳞次栉比的房顶是橙红色的。草地和棕榈是绿的，枫叶是红色的，银杏是黄的，花坛里盛开的花朵是五彩的，街上插的旗帜是缤纷的。无论戛纳还是尼斯，他们的颜色都是鲜亮的。我想，这些色彩，应该是地中海的阳光所赋予的。

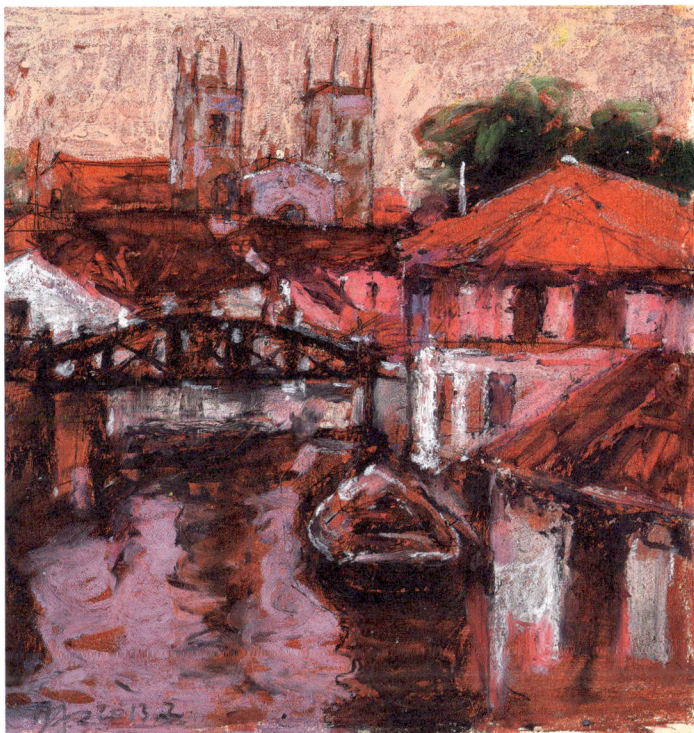

红霞 25x25cm 纸本油画

　　荷兰经过几百年的围海，小河、湖泊和流水像一张张网，布满全国。用"水天泽国"形容也并不为过。我自小生活在中国的江南，满以为江流湖泊，小桥人家得天独厚，殊不料"水乡"也成了荷兰的标志符号。运河成就了两岸的旖旎风光，湖泊划开了田野，成为一块块绿洲，有的还种植了各种颜色的郁金香，从飞机上望下去，犹如一大块彩色的地毯。河上有桥，桥以木结构居多，弯弯的，扶手栏杆是传统式的，油漆成黑的，白的，红的。如果河边有房子，有树，河畔又有船，那就成了依赛阿斯·范德菲尔德独具特色的风景。

小巷 100x80cm 布面油画

　　西斜的阳光下，教堂尖顶和建筑的立体墙面被照射出和谐的亮点，显示出一种古老的精致和厚重的底蕴。举目眺望，浮想联翩而来。这座有着一千多年历史的城市，从建筑、广场到建筑上的饰雕，广场上的喷泉雕塑和纪念雕塑，相看不厌；从美第奇家族的收藏到教堂中的壁画，相得益彰。所有这一切，都凝聚了艺术家的毕生的创作，留下了一连串让我们寻觅的艺术足痕。

我们望着山顶上那些用花岗岩垒成的房子，那房子虽历经数百年而巍然不动。石头垒起的山墙攀附着茂盛的绿紫灰色的爬山虎，映照着稀疏的浅红的晚霞，墙上亮着一盏方形的欧洲式的街灯，以及很有艺术感觉的商店招牌，让人感到既神秘又有古意。晚霞对于小镇是色彩的渲染；藤萝对于山墙是原生态的装饰；街灯、铁制招牌以及岁月浸淫的石阶对于旅人是历史的回味。这苍茫的色彩，藤萝的装饰和悠悠的古意组合，同时落在这山顶的小镇，便获取一种十分协调的审美，而且是经典的。

一束透过的光 160x140cm 布面油画

苏州河沿线留有上世纪遗存的老工业厂房，那是即将逝去的风景。或许已经离我们远去，不复存在，包括浦江两岸还能寻到老厂房的踪迹。人，都有怀旧情愫，百年的老房子，千年的老樟树……都会生成历史化成美意，那些厂房，管道，烟囱在低湿的灰云中静静地述诉着逝去的时光。我画这些，是想去收藏一个时代的黄昏，不知能否唤起大众审美的记忆。

苏州河 •1935 70x100cm 布面油画

沙滩 10.5x15cm 布面油画

远帆 10.5x15cm 布面油画

　　拉芒什海峡的风卷着浪花和大西洋交汇，延伸到远远的海面，变成一条白色的细线，一条一条依次推进。像是在诉说逝去的岁月，又似乎在说，你聆听了吗？那屹立在高坡的灯塔，受着两面的风巍然不动。一边是轻轻的抚慰，一边是猛烈的敲打，轻轻的抚慰仿佛在说：昼夜不停地亮闪，你累了吗？风骤穿越，象是在警告过往的航船。

　　灯塔还是一动不动在闪光，一下，一下，看尽千帆。

　　我去过欧洲许多国家，走过许多城市。除了为留住印象拍了不少照片，也画了速写。回到画室中逐步完成了那一组《欧洲印象》。与其说我依据照片、速写在不断地创作欧洲的一个个印象，不如说我以"心"去感悟欧洲那一个个城市。千万不要拿某一幅欧洲风景去按图索骥对照某个城市，但你能依稀感觉那是威尼斯，那是佛罗伦萨，那是巴黎，那是汉堡，又或者是柏林，因为那也是我的感觉。我主观地改变了建筑的外墙色彩，以求色调的别致和统一，又大胆地拆散了那些建筑的结构，最后又将它们重新组合，从而达到新的审美，在完成审美的过程中，逐渐地在那些建筑中寻找"意"，品出"味"。

正午 80x60cm 布面油画　　　　　　钟声 100x100cm 布面油画

江南印象 120x120cm 布面油画

　　我喜欢江南，那里有青山绿水。走在连绵的山中，山路弯弯绕行，峰回路转，常闻溪水叮咚；走过繁密的丛林，山路沿坡铺设，拾级而上，忽听鸟儿问答。山阴道上行，如在镜中游，渐入佳境。

　　我喜欢江南，抬眼望，大雁人字排列去。忽有萧飒秋风至，山山黄叶飞。山色莽莽，石壁苍苍，待到晚霞满山时，人在山崖极目眺。境在江南意在心，云自无心水自闲。

　　我喜欢江南，春雨潺潺滋润着水乡。纵横的河道绿波荡漾，青石板小街四处相通，花岗岩石桥横亘溪上，沿河的廊棚古朴大气，两岸的黛瓦鳞次栉比。这里的黑瓦、白墙、流水、涟漪啊，像是水乡的音符，奏出了一曲曲优雅抒情的乐章……

晚秋 13.5x12cm 中国画

　　游山之乐在于攀登，靠脚一步一步地向上，这
才有渐入佳境之感。游山之趣在于观山中之气象，
如果忽略意味，光裁出黄山一峰一峦,截取一石一松,
而少了光照雨沐，雾遮云挡，那这黄山岂不成了一
个放大的盆景。

山道弯弯，泉流涧石叮叮咚咚，像乐手歌唱；山岩矗立，风过山谷啸啸声响，如号角齐鸣；临窗侧耳，雨打芭蕉滴滴答答似乐器弹拨；水注石崖，澎湃轰然犹战鼓敲打，这是自然的声音。春晨子规啼，秋暮寒蛰鸣，夏闻黄莺门前唱，冬听麻雀庭中叫，这也是自然的声音。在大自然中，我们可以聆听到许多声音，我们把这叫做天籁。那些声音有大小，亦有强弱，然却没有矫揉，没有造作，我们不知风从何处而来，也不晓得声响几时而休，我们也不必去知道，只需要体验听到这些声音后的享受。

清溪 25x25cm 纸本油画

逝去的风景 70x100cm 布面油画

　　我徜徉在天宝路和新港路之间，大楼的逼仄仿佛压我而来。城市无疑是一只只匣子组合。我们也往往是从一只匣子钻到另一只匣子之中，在水泥林中穿行，唯有和平公园那一排排柳树，给了我喘息，给了我呼吸。

水是有灵性的。微风掠过，水面便起绉纹，轻风四起，江湖就有风浪。自然中稍有动静，水即能反映。

小池塘 32x41cm 布面油画

唯美而不失其格，为高雅。

尚气而不流其俗，为清逸。

爱琴海畔 70x90cm 布面油画

春 65x65cm 布面油画

　　天寒地冻，春寒料峭，久住城市，看小雨淅淅沥沥
下个不停。天阴了，天雨了，太阳久违了，心情忧郁了。
不知太阳何时光临。此时如果你去了郊外，看天色濛濛，
听小雨滴滴嗒嗒，望柳枝被绽绿苗……我想，你一定会
知道，什么是李白的"烟花三月"。调整心境，又怎会
出"忧郁"二字。

动人心魄的自然景观，

令人神往的人文景观，

以及思绪万千的历史景观，

这三者是修炼心性的最佳去处。

从自然中汲取山川之氧；

于人文中获得精神养料；

在历史中总结前行目标。

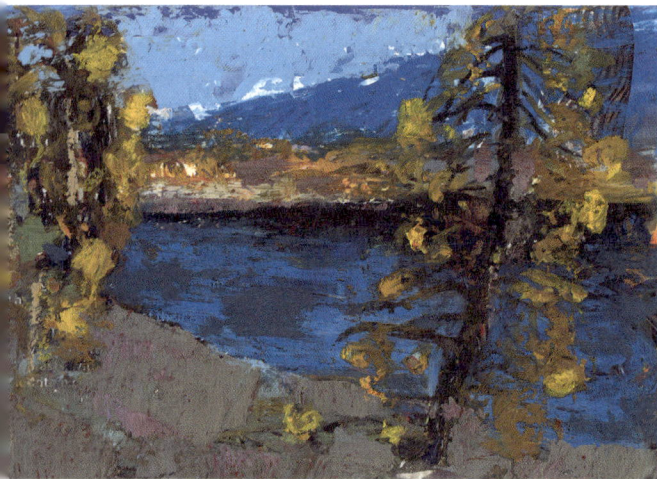

黄叶 10x15cm 纸本油画

山脊 14x21cm 纸本油画

瀑流 10x15cm 纸本油画

自然的魅力所在，

瀑布的飞流而下是震撼；

秋叶的满山飘舞是诗情；

薄云浅雾绕山浮动是画意……

臻于极致的自然之美让心与之融合。

这个世界从不缺乏美，

只要你有发现和一颗不断感悟的心灵。

暖阳 20x25cm 纸本油画

　　某人总要先准备好一套晚装，为的是一旦有人约请晚上宴会之类，可以立刻穿上，节约时间。不去论述原由，但从中引发联想。古人曰，临池羡鱼，不如退而织网。在无风的日子里编帆，等风来时扬帆，乘风破浪。书到用时方恨少，平时的学习是积累，关键时刻拿出应用。

帆影 20x25cm 纸本油画

月色溶溶 100x120cm 布面油画

是夜仰望星空，

看月亮，

数星星。

云深邃，

月皓明，

星闪烁。

夜空的静寂带来悠远意境。

远山 25x25cm 纸本油画

　　文学修养是画外功夫，绘画要从诗词中寻找意境。李清照的两首《如梦令》"常记溪亭日暮，沉醉不知归路，兴尽晚回舟，误入藕花深处。争渡，争渡，惊起一滩鸥鹭。""昨夜雨疏风骤，浓睡不消残酒。试问卷帘人，却道海棠依旧。知否，知否？应是绿肥红瘦。"是词，亦是一画。周邦彦的"月皎惊乌栖不定"有画面，有意境。又如"忽如一夜春风来，千树万树梨花开。""直挂云帆济沧海"都有画面感呈现。

涧溪 21x21cm 纸本油画

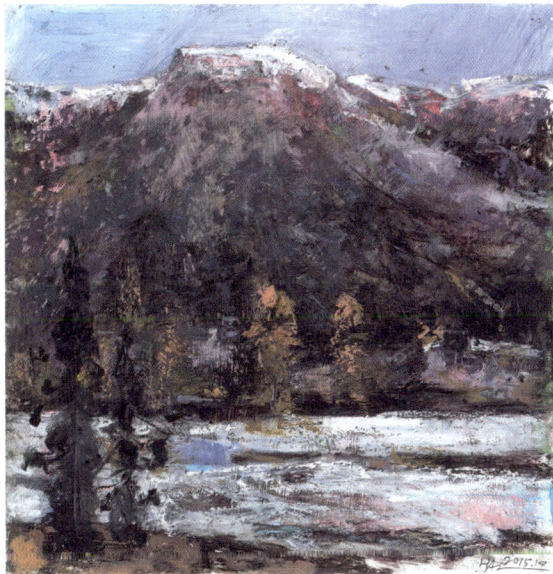

残雪 21x21cm 纸本油画

　　学历和学力是有区别的。"学历"是经历，是一路走来的学习过程；而"学力"是学习的功力，是能不断向上攀登的力量。一个人的学历只不过证明你曾经几个阶段的学习，而不代表你具备了对学术登攀的力量。好比这学术的高度是一幢五层高的大楼（没有电梯可搭乘），你必须一层一层登上学术的高度，登攀需要脚力，如果没有"力"，那是无法达到高度的。有人只能爬到二楼或者三楼，或许，有人只在一楼徘徊，那是因为没有脚力（"学力"）去攀登。

野趣 22x22cm 纸本油画

  山是几十万年自然的形成，树在广阔天地自然地
生长。草，一岁一枯黄，春风拂吹又生到无涯；云，
聚集了又散开了，同山巅游戏着；水，往东而流，随
着水道的高、低、宽、窄而怒号着，急奔着，欢唱着。
途中眼里的风景入画，是因为我们进入了原生态的自
然，在这天地之间，"美"便蕴藉在这不经意之中，"美"
悄然地藏在无意的自然之中。

红色，是那么地诱人。她是一种象征，是一种信仰，是一种期待，是一种企望。太阳往西渐渐沉下，天边似乎还有几丝云霞。而山却被夕阳染红。唯有屋顶还深沉地压在那里。好像在告诉我们，天免不了会全黑下去。然，明天，太阳依旧绯红。

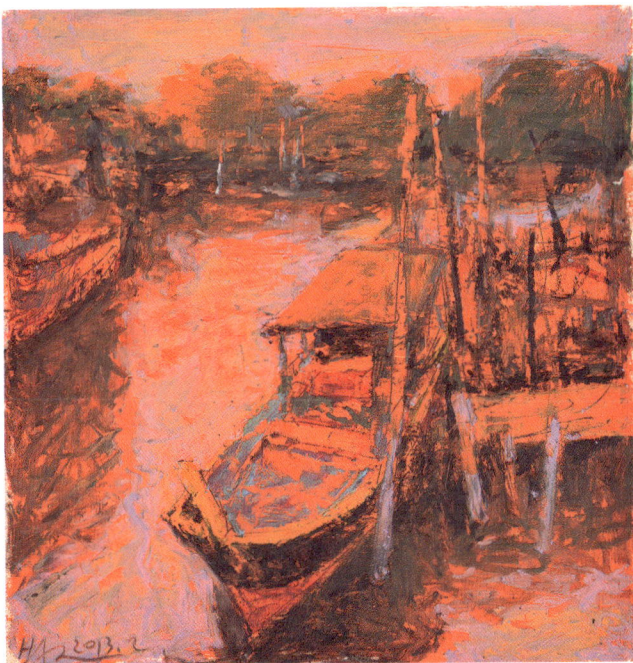

暮 25x25cm 纸本油画

月，悄然升起，她知道天早已没了光彩。然，她
忽然觉得，我会借着太阳从背面亮给我的光，给我的
Fans，溶溶于天地。

夜色阑珊 25x25cm 纸本油画

秋 90x90cm 布面油画

　　"渐"是一种自然规律。你不经意去看一朵含苞的花骨朵如何绽放。时间会渐渐地让柳树绽绿，让树叶变黄，让山峦披上银装。也经常会在不经意间回眸一笑。啊！树叶黄了，秋天已经来了。

西溪 10x18cm 纸本油画

　　那种未经雕琢的野趣耐人寻味。蓝蓝的天空下一堆被冲刷成灰白色的石头；高大的松树林中玲珑的小松鼠四处跳蹿；啾啾的鸟鸣夹着一淙叮咚的清泉。踏在沙沙作响的松软的树叶上，看着樵夫远去的身影，阳光透过枝桠照在身上斑斑驳驳；站在山坡上大喊几下，那声响越过重重叠叠的青山折回，山下炊烟袅袅冉冉与云霭合成一片。

水乡 38x46cm 布面油画

　　如果你能在竹风一阵飘荡，疏烟梅月半弯掩柳的自然中同情韵沟通；如果你能在一枝斜倚翠盖涟漪中追寻芳踪，把自己的心事托于烟霞；如果你能从参差的黛瓦粉墙，古朴的青石板桥，欢唱的悠悠流水中体会出悠远的心境，那么我们在日常生活中就会增添许多意外的趣味，你就会信手拈来形式装点你的情感。

悠悠霜满 扇形 中国画

随缘人生，

苦乐、得失皆随缘，

一切顺其自然。

映月 扇形 中国画

　　我不知道桃花何时绽放；我不晓得白玉兰啥时吐蕾。但我知道，春天到了，它们一定会迎着风雨开放。或许，是他们渐渐地吐出新芽，悄悄地告诉我，春天已经来了。

独坐寒江 13.5x12cm 中国画

佛的最高境界：

一个字"空"。学会空，就无欲，无欲则刚，达到海纳百川境地。

二个字"放弃"。学会放弃，就不会在内心产生冲突，达到一种和谐境地。

三个字"不执著"。学会不执著，就不会使自己神经崩溃，达到若水的境地。

四个字"保持安详"。学会保持安详，就不会浮躁，达到出神入化的境地。

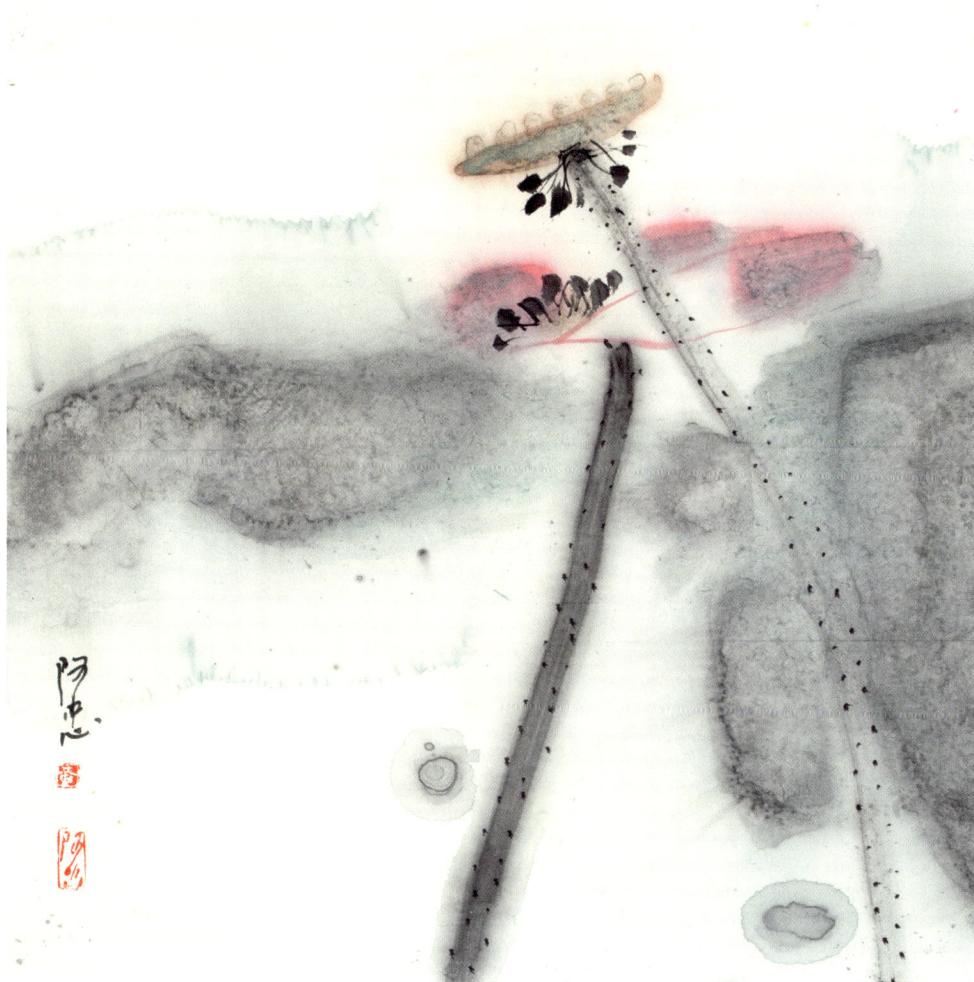

淡烟疏云 68x68cm 中国画

画之妙，打开心灵　　书之妙，沉淀心灵

秋色 9.3x21.6cm 纸本油画

　　我想起了欧阳修在《秋声赋》里有一段描写风在林中碰撞所发出声音的精彩文字，"初淅沥以萧飒，忽奔腾而砰湃；如波涛夜惊，风雨骤至。其融于物也，鏦鏦铮铮，金铁皆鸣；又如赴敌之兵衔枚疾走，不闻号令，但闻人马之行声"。这是欧阳公听到从西南而来的声音的一种感受，这不过是秋夜一般的风声，欧阳先生就有了如此的想象，并以此而抒发了人生的感慨。看来，天籁同想象有很大的关系，天籁触发想象。

六祖慧能在菩提树下为"风动"还是"树动"问题的争辩，发表了自己的见解，他说：那既不是风动，也不是树动，而是"心"动。"心"是一种感悟，"心"是一种境界，每每读到六祖慧能大师那则禅语，总能悟到许多东西。

绿意 20x20cm 纸本油画

憩 45x45cm 布面油画

有气则有势，有识则有度

有情则有韵，有趣则有味

时间给予每个人都是二十四小时，公平，
公正。时间像耕种、劳作，洒汗在哪里，收
获就在哪里；时间像一张网，撒在哪里，收
获就在哪里。

候 20x20cm 纸本油画

山路 19.5x27cm 纸本油画

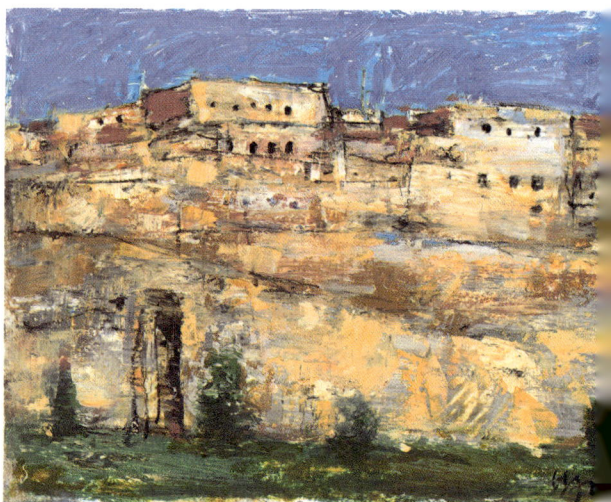

古道 21x29.2cm 纸本油画

　　一个艺术家应该是一只"熔炉"，他要有一定的容量和很高的熔点。容量是指你要有包容、容纳和博广；熔点说的是高深的鉴赏力和理解力。这样，他就可以兼容和融化很多东西。到上下五千年里去感悟，在仰韶文化、诸子百家、画像砖、墓刻、青铜器及敦煌、永乐宫中寻找……这些东方的艺术中蕴藏着无穷的珍宝。还可以到世界各地走走、停停、看看，从古罗马到埃及，从西班牙岩画到西斯廷教堂天顶画，从塔希提岛到南洋热带……还有罗浮宫、奥塞、大都会、普拉东、索菲亚等美术馆，我们可以跟大师作一个零距离的接触。

儿童的绘画作品直抒胸臆，充满童趣、天真，藏不了半点的杂念。故而，让我们看到了清澈透亮。随着年龄的增长，心中的所求不断地扩大，故而，在作品中也索取多多，从而丢失了天真、直率，艺术的趣味也随之降低。学习绘画有阶段性，而且当中脱节。比方说三至十二岁是一种认识，十二至十五六岁又是一种见解，到十六岁以后将完全重新寻找绘画的构筑了（换了思维方式）。而音乐将自小到大都有连贯，三岁弹钢琴所打的基础，可延续到音乐成功。

沙特尔 23.5x23cm 纸本油画

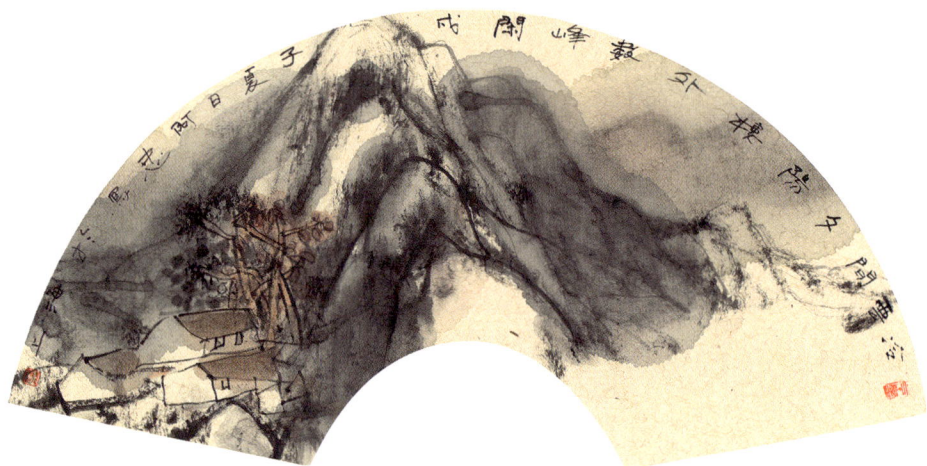

云间夕阳 扇形 中国画

　　山、水之关系，乃动静之关系也。山屹立不动，水在山间流动。这静与动一组合，山水便有了生气，还有云也来助一把。云绕山腰，有了虚实。这一整，盘活了山水。

却道清湘梦边 13.5x12cm 中国画

酒庄 24x24cm 纸本油画

　　我常会去风景中走走，看自然界中的山山水水。比方中国的风景，如徽州的马头墙，江南水镇的黛瓦粉墙；南方的丘陵灌木，西北的戈壁大漠；东北的雪野冰凌，海南的椰树蕉林……挥写那里各种不同地质地貌的物态，各自有特点的风景，需要投入你的情感。你必须要体验和感受那篇风景。你不能光停留在表面去描绘山川森林。在视觉的背后，蕴藏了境界，那是一种诗化，那是一种气息。王国维说，一切景语皆情语。你要把景转为情，心中的风景不是简单的自然景物，从自然中提取审美，拓展东方的意味。近几年我多次去欧洲，常徜徉在塞纳河畔，抬头望巴黎圣母院；闲来行走在威尼斯小巷，时而在铁栏桥边凝望，或看日内瓦河上的大雁飞翔，在圣托里尼岛上的白房子间穿梭……

　　我崇尚唯美，故我画欧洲风景，并不一定要对景写生（有时也对景，视现时情况而定），有时，回室内会更为概括、主观，处理更为得当。凭着刚从自然中回来的记忆，寻找的是感觉，图式的美感。于是结构的穿插，色彩的组合，趣味的渗化等便油然而生。无论是威尼斯的悠悠流水，希腊小岛的碧水白墙，蓝天绿树，还是佛罗伦萨的老桥，温莎的城堡，我画的是那里的感觉，更注重的是诗情，美意，气格和超逸。

　　走近那一片荆棘，有小路蜿蜒，转几个弯便可到的一海角。海岩上荆棘遍地，满眼褐色，这般色彩，用土红，赭石，还要加上普兰，象牙黑……才能获取稳重且透亮。如果没有野花，红的、黄的、白的，还有紫色的妆点，而仅是褐色的土坡与蔚蓝的海相搭配，色彩是不会显现的。你看，褐与蓝为主调，红、黄、白、紫等为点缀，便成就了一片风景。自然之奇妙在此，总有天然合成。智慧的画家啊，你应该有所领悟。

礁石 20x20cm 纸本油画

海滩 20.5x28.5cm 纸本油画

海船 15x20.5cm 纸本油画

　　天上阴云忽而整块推进，蓝天露出光彩，云彩光现，带来了自然界的色彩变化。你瞧，阴云下海水呈绿灰，光照下海水变为绿中透蓝。海面像是调色盘，留下显明的灰和蓝的色块变化，色彩和谐构成得当。自然不愧为色彩高手，那组合变化，有协调的色彩关系，不流俗，有品格。天然去雕饰。

梯田 32x41cm 纸本油画

　　我喜欢大自然，也喜欢画风景。从工厂到农村，从高楼大厦到石库门弄堂；那街道两旁梧桐树下的商店小铺以及摩肩擦踵的匆匆人群，那划水而过的驳船货轮以及迎风飞翔的片片海鸥；江南四月霏霏细雨中一片黄色的油菜花，艳阳下连绵不断的暖灰的山峰；山腰小路弯弯盘绕其间，山麓参天大树郁郁葱葱装点其中，江山如画呵。于是这江山成了我笔下的风景，日复一日，年复一年，长期的写生使我的技巧日趋娴熟，但我常常在想，既然画不如江山，那么为什么要画江山呢？又怎么样去画江山呢？

我常常目识脑记各地的景色，有藏区的蓝天白云，有四川的高山流水，有黄山的云雾烟霞，也有杭州的青山绿堤。时常打开记忆中的童年在马路上追赶洒水车，和青年时在外滩、苏州河畔的写生，以及许许多多的生活场景，也包括我在农场中所见到的一切。所有的所有，如今都汇为一种心境，一种能在绘画作品中散透出的心境。

大拍卖•1940 南京路 70x90cm 布面油画

在一片山坡上，有一些细碎的砾石，一棵稍有姿态的小树，孤独地守望在这小山岗上，偶有风动，枝上的疏叶有诗一般的婆娑。这里不是名胜，亦非古迹，而只是一个随处可见的普通场景，但是，我觉得这个地方很美，很有诗境和画意。如果把这石坡、小树，再加上空中飘过的几朵闲云，组合在一起画成一幅画的话，我想，那一定很有情致。

风起 10x23cm 纸本油画

伊亚 115x50cm 布面油画

简与繁，多与少，大与小，疏与密……这一对对绘画的矛盾体，画画应该做好的是他们的"统一"工作。我们常说：对立到统一，原来"统一"是必须要求先有"对立"的。如果"对立"，画是没有看头的，如果没有"对立"，文章也索然无味。从写实到写意再到抽象，"对立"不可少，"统一"亦少不得。

码头 50x60cm 布面油画

　　当我坐在画架旁，面对室内一隅的坛坛罐罐和方台果盘时；又或抬眼望窗外飘动的白云，柳条上绽出的嫩叶，以及围墙外枝干上开满的桃花时；当我们走进自然，看到山川、河流、人世间的万物时，我总在问自己，你应该是看到了这些东西，但你感受到了什么？想到了什么？眼前的景、物是否打动了你的"心"，它们又将如何去承载你的"心"。我们虽然画的是眼前的景、物，但表达的是你的心，只有将心灵点燃，才能赋予景物以新的生命。

在我看来，架上绘画的题材可以说是亘古不变的，比如说静物，比如说风景，还有便是人物，从绘画产生开始，就一直沿承风景、静物、人物等样式，几十年、几百年，一代一代的人就画那些题材。然而，翻开美术史，我们可以看到，那些大师都在用自己的心灵同那些司空见惯的题材对话，从而表现出各自的风骨和精神，并演绎成一个又一个流派。心灵是艺术创造的根本，心灵的圣火点燃的艺术，代代相传。

于是，我从前人手中接过那棒燃烧着心灵的圣火，去划亮堆在桌上的器皿，映照爱琴海小岛上的蓝、白建筑，以及行驶在威尼斯悠悠流水中的贡多拉……"心灵"就像是一面铜镜，不断地折射着高山、河川、星辰、日月，犹如在同自然进行神圣的对话。铜镜把"心灵"的光斑折射在那片郁葱的树林中，那道碧翠的山坡前，那张满是阳光的餐桌上。放眼望去，我仿佛觉得光不动、树不动、山坡不动、餐桌也不动，然心却在这些物体中流动。

圣托里尼 25x28cm 纸本油画

划过流水 160x80cm 布面油画

南京路·1942 100x70cm 布面油画

艺术到了一定高度，东西是相通的，中国画重虚，西方画重实。

秋山图 13.5x12cm 中国画

　　东方有一种写意的精神，按照中国传统画论，对物象的描摹不仅仅是画眼睛看到的，还要画心里的东西。比如山水画就不仅仅是对景写生，而是有平远、深远、高远的三远法。寓情于景，这样就拓宽了艺术家的表达方式。

清风散雾 扇形 中国画

　　东方绘画讲究"意境"，"诗性"也是一种东方
精神的体现。王国维就曾点明了"造境"与"写景"
之分。"写景"仅仅是描摹表象，而"造境"则是艺
术家的情感与自然之间对话之后的创造。

山乡 20x25cm 纸本油画

　　"写生"二字，"写"就是将看到的画下来，而"生"字则要求艺术家自身生命与精神的注入。"写生"，就是将看到的画下来以表达自己的情感与生命。

　　自然本身也是有生命的，它与艺术家的生命展开对话与碰撞，那么它最终所追求的就是古语所说的"天人合一"、"物我两忘"。

金秋 20x25cm 纸本油画

东西方之间并不矛盾，到了一定的高度都是一致的。打个比方，我们坐飞机在两三千米的高度时，有气流，有暴风雨，非常颠簸。但当到了两万米的高空，一切都平稳了。如果说到了外太空，那么，地球上的一切障碍都不算是障碍的，全然无碍了。

东西方的艺术在一定的高度上是相融的，虽然表达方式不同。你所说的"逸笔草草"，可能是因为我不求工细，力求把握大的感觉和自身性情对自然山川的投射，这也是我追求的一种境界。

我的艺术养分多来源于生活，平凡世界中的雅趣与灵动令我着迷。我记得多年前曾有人同我探讨过，一个艺术家是否需要有代表作？比如董希文有《开国大典》，罗中立有《父亲》，陈丹青有《西藏组画》，许多艺术家都有自己的代表作。反观我自己，我没有什么所谓的巨作、代表作，直到现在仍是没有。但我发现齐白石似乎也是没有代表作的，鹰、雀、鱼、虫，他什么都画。包括林风眠，画鹭鸶、秋景、侍女……件件似乎都是代表作，但似乎又都不是，如此我便算是找到了释怀的理由。我就是这么真诚实在地作着自己的画，性格也大抵如此，从不藏着掖着，也不玩深沉，不耍诡计。

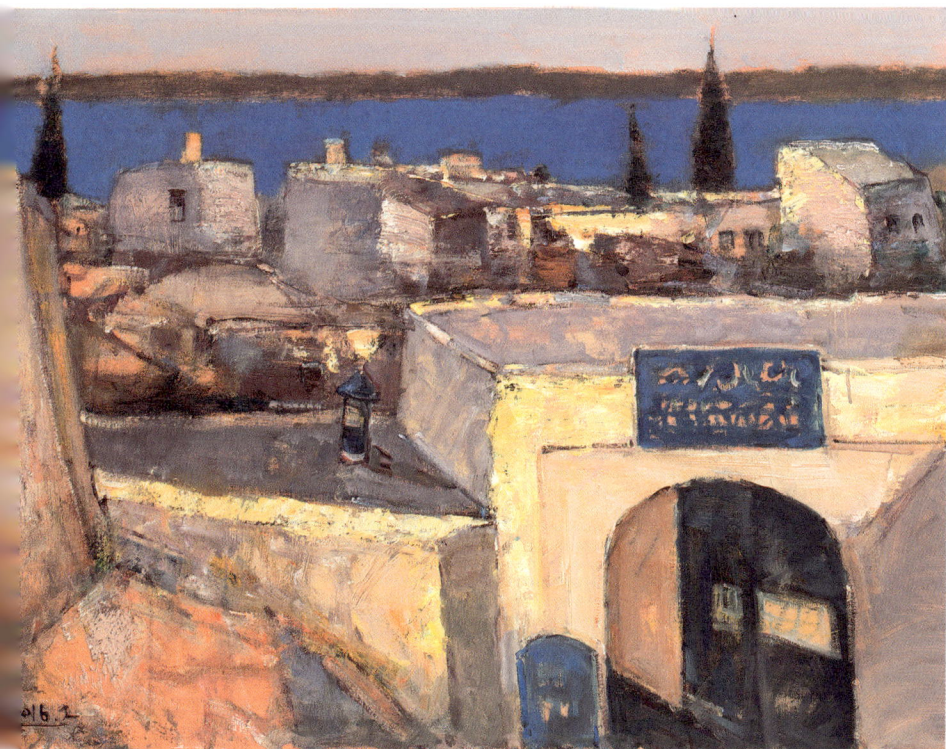

地中海 70x100cm 布面油画

蓝桌 160x80cm 布面油画

民间艺术很接地气，如剪纸、皮影等，应该吸收民间艺术的精髓，融入至创作之中。作品需要体现对于造型的理解、意味的传达，越是民族的，越是世界的。

拟宾虹笔意乙未春阿忠漫

拟宾虹笔意 13.5x12cm 中国画

临摹写生是为了获取前人对其
所要表达物体的理解，在临摹写生
作品中需要有自己的体会，吸收大
咖的精髓，但不要盲从。

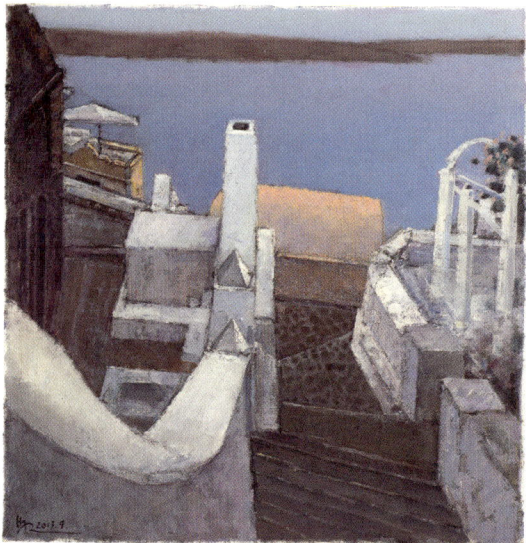

台阶 100x100cm 布面油画

风车 80x80cm 布面油画

　　对于绘画的追求，是逐步逐步形成的。原先也没有想得那么深，那么远，一点一点进入艺术的氛围、感觉之后，就发现艺术这条路很长很长，我们需要用一生的时间去追求，去完善，把自己的艺术做得更好。

古街 25x18cm 纸本水彩

水彩画和油画就是一个是用水来做媒介，一个是用油，他们的属性还是一样。

老上海系列 外滩 40x50cm 中国画

　　这个世界是平面的，整个世界我们把它称之为地球村，但是尽管是存在同一平面，但是由于东西方的文化背景不同，其中就会产生差异。不同的画家在画不同地域的场景时所表现出来的画面感是截然不同的，这也就体现出东西方艺术家对于自然的不同感受，尽管会有不同，但是其中还是有共同的地方就在于艺术的本质的东西、审美的元素是一致的。

渔船 90x120cm 布面油画

　　从宏观来说，我二十多年的绘画并没有变化，但微观而言，它们不断在变，其中包括着我的情感的流露和修养的沉淀。

秋韵 80x80cm 布面油画

绘画不仅是在材料上画，而是心中有画，是心灵的轨迹。

淡淡的晨光 120x50cm 布面油画

用读书来提高修炼，

书本是增加自体免疫力最好的药。

　　文学是食粮，但不能果腹；然却是道道，可以嵌入你的脑沟，一旦你的脑洞打开，那沟里的"道"酿成的"水"，就成了源，哗啦啦地汹涌而出。就好比长江之源沱沱河，就那么一滩一滩晶亮的水曲，映照着巍巍昆仑，而后融合、打通，汇聚成万里大河奔腾入海。

　　艺术是一味药剂，确切的说是温性的草药，到处都有，高山上、流水旁接着地气。你不理睬它，它也总在边上，只是你视而不见；你也活得很好，吃、喝、拉、撒全都没落下，不过，渐入"愚"病之灶，你不知道而已。如果你把它熬成胶汤，每天喝一口，也不苦，回味无穷，以至精神焕发，保健养生。

早茶 160x80cm 布面油画

古堡 22x22cm 纸本油画

一个优秀的画家至少要有文学、自然科学、哲学三大学科的素养，文学有益于意境的创作，自然科学有益于对山川大气的把握，哲学有益于绘画的明辨。

浮躁是因为对物质的需求过于强烈而产生的。你要有强大的淡定心理去对待浮躁，面对名利场不断地摆正自己、修炼自己。每天照一照镜子，看看自己的脸狰狞了没有，贪欲了没有。以他人为戒。不过高看待自己，也不过低看待自己。不为世风所动。

远水流觞 70x90cm 布面油画

　　对绘画要有自己的认识。绘画不在于要把一个对象画像或者塑造出体积感，绘画艺术要有一种精神的品格。这有赖于艺术家自身的修养和平时的积累。我学画也是从苏派入手，我的老师当时都是留苏回来的。但后来我逐渐觉得不能沿着苏派的路走下去，改革开放之后，西方的各种艺术进入我们的视野，西方的绘画样式、风格和艺术语言非常丰富，我也在不断汲取西方大师的营养，同时，我还注重作品中要有东方精神的注入，逐渐把东、西方的艺术营养融合到一起，既不是苏派，也不同于流行的当代样式，走出自己的一条路。

玉立 60x80cm 布面油画

一俗就成为街头杂耍了。艺术家的气格很重要，通才能成大材，大材才能成大师。

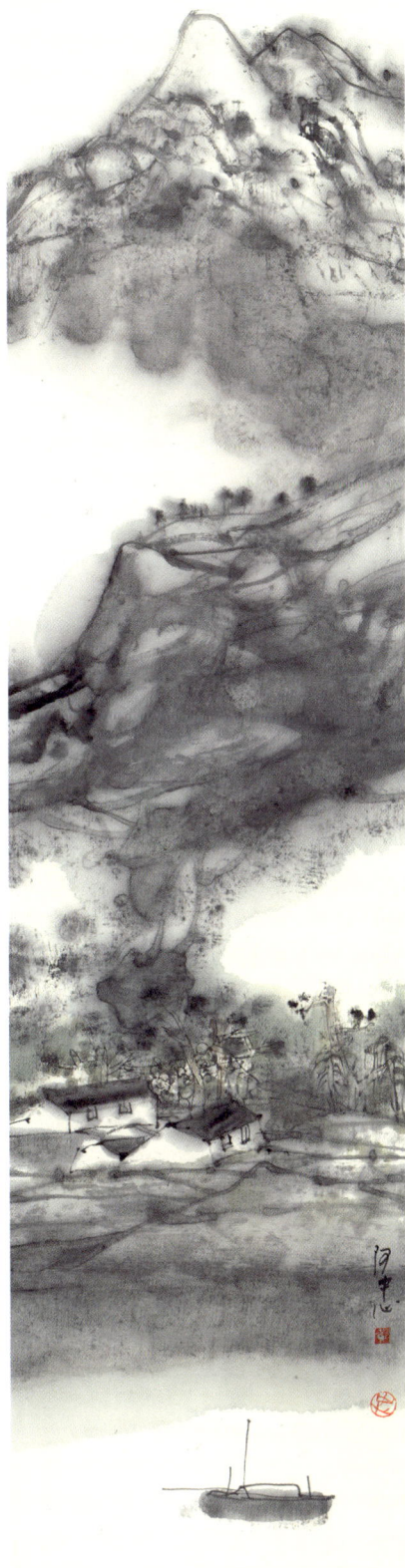

山抹微云 140x33cm 中国画

后记

　　我喜欢文字，就好像喜欢绘画一样。因此，常常在画了某一张画后，会有一种对于文字的冲动，于是，我会把我的审美取向和从自然界捕捉到的趣味、感觉等写在纸上，抒发一种性情；有时，也会在进行了一次旅行后，把眼见的山山水水，异域风情和当时的感受记录在笔下。

　　在一般人看来，画画和文章是两股道上跑的车，两者是搭不到一起的。其实，画画和写文章是一回事，古人说，诗中有画，画中有诗，还有诗情画意等等，早就道出了这两个看似搭不到边的领域之间的关系。诗、文要有画意，绘画要有文气、诗情，当然这两方还有一个共同的追求，那就是——境界。

　　我写文章和其他一些写作者不太一样，具体地，或者形象地说，我是在用文字"画画"，用文字描绘山川、人物乃至自然界的风貌、色彩、线条，包括细节等等。这样，在我的文章里就有了用文字塑形的方法和画面的表现。文章的述求是由一个一个连续的画面表达的，有时，文字的组合之间还会让人读出色彩。我更为在意的是文章的文字朴实而无花哨，畅通而无湍流，立意不是故作恣态，张牙舞爪，投入的是真情而不是假意。我想，文章的气息、境界、格调也在于此。我喜欢张岱的文字和性情："湖上影子，惟长堤一痕，湖心亭一点，与余舟一芥，舟中人两三粒而已……"那是一个画面，是境界，是性情，也是一种气息；我也喜欢沈复的《浮生六记》，其"闺房记乐"、"闲情记趣"等，皆不娇柔，不造作。俞平伯评曰："俨如一块纯美的水晶，只见明莹，不见衬露的颜色；只见精微，不见制作精微的痕迹。"俞平伯先生所见是也。

文章就应该是你真性实感的流露，是你审美品格的亮相。为文须真情实感而不无病呻吟，遣句须平实无华而不雕凿聱牙；达意将于字里行间升华，造境必有文中画面相连营造。

对于文章，我写的是心灵。

说说我的绘画吧。屈指一算，从十四五岁涂抹开始到现在，竟有了半个世纪。五十年来，由鲁莽、青涩渐渐枝叶茂盛、结满果实。这一路走来，悬梁刺股，青灯黄卷，其间的艰辛、困惑，开悟……如鸭游水冷暖自知。无论油画、国画，对于它的审美追求，我寻找传统的诗性和境界，崇尚唯美与精神的融合而求得的升华。不受潮流所摇动，不为时尚所左右，坚持一条道走到黑。我于绘画注重的是精神，诗情，意境，还有形式和逐步形成的个人的绘画语言、风格。在营造画面中，我时常会闪现一种散文诗的朦胧感觉，或者是诗性的涌动，从而驱动了对于色彩，形式的独特的处理，慢慢地、慢慢地就形成了自己的绘画风格。

绘画的道路上，除了油画以外，还有一个和我一起行走的伙伴——国画。我研究水、墨交融所产生的精神、意境，以及它们之间构成的笔情墨趣，更重要的是打造一种中西融合的形式，把意境悠远和厚重雄浑结合起来，使作品具有高雅、浪漫的精神气质。同时，亦把油画、诗境、国画互相糅化，以达你中有我，我中有你的境地。

去年年底，文汇出版社社长桂国强约我出一本图文兼举的文集。社长的意思是把二者结合在一起，有相得益彰的效果，我十分赞同他的建议，便欣然受命。谁料，编辑这本书工作量浩大，仅把文字和油画、国画作品相对应的组合，就花费了大量的时间。好在装帧设计师陈瑞桢和我的博士研究生高牧星做了大量的工作，容我在这里一并表示谢意！还要感谢女儿黄一迁博士为我文集作序。我的绘画、为文这一路过来，她的感受是最真实的，由她写序也一定是贴切的。

最后，我希望能听到读者对本书最真挚的批评！

黄阿忠

2017 年 7 月